O conto da mulher brasileira

O conto da mulher brasileira

ORGANIZAÇÃO

Edla van Steen

São Paulo
2008

global EDITORA

1ª e 2ª Edição, Vertente Editora, 1978
3ª Edição, Global Editora, 2008

Diretor Editorial
Jefferson L. Alves

Gerente de Produção
Flávio Samuel

Coordenação Editorial
Rita de Cássia Sam

Revisão
Andressa Bezerra da Silva
Mirtes Leal

Capa
Victor Burton

Foto de Capa
Jon Feingersh/zefa/Corbis/LatinStock

Projeto Gráfico e Editoração Eletrônica
Reverson R. Diniz

Dados Internacionais de Catalogação na Publicação (CIP)
(Câmara Brasileira do Livro, SP, Brasil)

O conto da mulher brasileira / Edla van Steen (organizadora). – 3. ed. – São Paulo : Global, 2007.

Vários autores.
ISBN 978-85-260-1257-8

1. Contos brasileiros – Coletâneas 2. Mulheres escritoras brasileiras 3. Mulheres na literatura I. Steen, Edla van.

07-10030 CDD-869.9308

Índices para catálogo sistemático:

1. Coletâneas : Contos : Literatura brasileira 869.9308

Global Editora e Distribuidora Ltda.

Rua Pirapitingüi, 111 – Liberdade
CEP 01508-020 – São Paulo – SP
Tel.: (11) 3277-7999 – Fax: (11) 3277-8141
e-mail: global@globaleditora.com.br
www.globaleditora.com.br

Nº de catálogo: **2785**

O conto da mulher brasileira

Por que uma antologia só de contos de mulher? À primeira vista, a idéia parece não se justificar, principalmente porque acredito que artistas, no trabalho, não têm sexo: são artistas.

Acontece que a mulher, não apenas quantitativa mas qualitativamente, vem cada vez mais ocupando uma posição de destaque na nossa literatura. Esta antologia visa, portanto, apontar, marcar a fecundidade de sua produção.

O ponto de partida foi selecionar escritoras vivas e que já tivessem livros publicados. Algumas (poucas), consultadas, não responderam a tempo. Problemas com o Correio? É possível. Falta de interesse? Não sei. Em todo caso, lamento as ausências.

A coletânea feita, ordenada alfabeticamente, pretende traçar um panorama da literatura feminina (a palavra está gasta mas é essa mesmo) brasileira.

Missão cumprida. Aos leitores, o julgamento.

E.v.S.

Sumário

HD 41

Anna Maria Martins

Apresentando a empreiteiros e firmas de terraplenagem o trator HD 41, de fabricação americana: remove qualquer obstáculo à sua frente.

(Segunda-feira, 18/9/1972
Jornal Nacional
Rede Globo de Televisão)

– Nova York na linha para o senhor.

– Peça para Gebê aguardar um instante. Receba o diretor da *Corporation.* Avise ao superintendente que o atenderei dentro de meia hora.

– E o diretor do jornal?

– Às onze.

– Mas o senhor tem reunião de diretoria.

– Encaixe em minha agenda. Esprema os horários. Dê um jeito.

Sim, tudo certo. Contrato pronto, relatórios também. Irei esperá-lo. Fique tranqüilo, tudo em ordem.

Desligou o telefone; pegou o outro, terminou a conversa interrompida com a GB. Correu os olhos pela sala imensa, respirou fundo.

Não ia ser fácil esse dia. Fizera uma primeira refeição bastante reforçada pois já sabia que não poderia contar nem com o horário do almoço. Dar-lhe-iam tempo, a cada duas ou três horas, perguntou-se inquieto e irônico, para um rápido pipi? Depois, cinco minutos de alívio completo, desligamento total – lavava o rosto com água fria, respirava fundo, fechava os olhos, encostava-se nos ladrilhos úmidos da parede. Tomava uma pílula e voltava refeito. Pronto para recomeçar. Fizera isso em outros dias, em inúmeros outros dias iguais a esse. Piores talvez. Se agüentara até então, por que o repentino desânimo, o mau humor sem razão aparente? Não chegara aonde queria? (ou quase?) De que se queixava? Agüentara durante anos e anos. Mais alguns e podia parar.

– O senhor atende?

– Não. Toda vez que ela telefonar a senhora diz que estou em reunião, que saí, que viajei, o que a senhora achar mais conveniente.

– E a que ligou ontem à tarde?

– Quando não estiver muito ocupado ou com algum negócio importante, atendo.

– De sua casa também telefonaram pedindo para o senhor ligar para lá assim que puder.

Mulheres, a própria, as outras, todas sem o menor senso de oportunidade, ligando às horas mais inadequadas, às de maior movimento, às de negócios mais importantes, e para quê? Para coisas sem a menor importância, para bobagens, perguntas tolas, conversas inúteis. Por temperamento, por educação era amável com todas, quando não as conseguia evitar. O chato era que quase sempre o início partia dele: aquela sensação de deslumbramento a cada nova conquista, a euforia, a quebra do tédio, e a nova imagem sobrepondo-se a: cifras, contratos, relatórios, faces sisudas, almoços, jantares, banquetes, homens de terno azul-marinho, camisa impecável, gravata sóbria (cortada de quando em quando pela berrante alienígena). A imagem recém-descoberta e amada. Pouco durava, entretanto. Logo sobrevinham náusea, tédio, as inevitáveis chateações do rompimento sem motivo, a insistência, a incompreensão. Era preciso muito tato. Na realidade, não gostava de magoar as pessoas. As mulheres geralmente são sensíveis, ressentem-se com qualquer coisa, apegam-se demasiado, e, o pior, têm aguçado senso de propriedade. Arvoram-se logo em donas: controlam, fazem perguntas, tudo querem saber. Bem difícil, muitas vezes, a volta ao descompromisso, à disponibilidade.

(Trecho de carta, sem data, esquecida entre as folhas de um relatório: *[...] você é amável, educado, mas sempre distante, sempre na defensiva contra qualquer espécie de relacionamento que possa ou pareça implicar algum compromisso. E, entretanto, eu te amo da maneira mais desinteressada possível: jamais quis ou esperei receber qualquer coisa. Sua posição não me deslumbra, seu prestígio nada significa para mim. Gosto de você, apenas.*

O que não consigo entender é a rapidez com que murcha e se deteriora uma emoção que parecia profunda. O que não consigo entender é o súbito e imprevisível fim de um entusiasmo que se mostrava imenso. Recuso-me a aceitá-lo como um farsante. Bem sei que tudo apodrece com o decorrer do tempo. Mas, freqüentemente, a corrosão é gradativa, a não ser que outros fatores apressem o fim; o que não foi o caso, nem tempo houve para tanto. É inexplicável para mim...)

Ela jamais conseguiria entender. Inútil qualquer explicação, nem ele tentaria. Se para si próprio não conseguia explicar, como iria fazêlo para outra pessoa? Às vezes, em noites de insônia, procurava chegar às origens desse fastio, desse desencanto brusco e prematuro. Fazia mil conjecturas, lembrava-se de seus estudos, do início de sua profissão, dos anos árduos que passara estruturando os alicerces em que agora se apoiava. Bem cedo traçara-se a meta: viria em último plano tudo aquilo que não se referisse a seus estudos, sua carreira profissional; mulheres, amigos, diversões – tudo seria secundário. Era preciso, antes de mais nada, acumular instrumentos de trabalho: cursos e mais cursos (universitários, de extensão universitária, de línguas), pós-graduação, anos de especialização no exterior. Fora a própria e o inglês, é obvio, falava com fluência três línguas. Quanto a diplomas, qualquer dia precisava verificar os que possuía. Esse fastio brusco e injustificável em relação a pessoas, mulheres sobretudo, talvez remontasse à época em que se habituara a não se prender emocionalmente a ninguém. Divertia-se com moças e rapazes, saía com garotas, é claro; tivera inúmeras aventuras amorosas – tudo como uma espécie de higiene mental, como se fizesse ginástica ou praticasse esporte.

– O senhor está se atrasando para a reunião.

– Já vou. Estou acabando de verificar este relatório. E os outros?

– Estão todos dentro da pasta.

Quase três horas de ginástica mental, exaustiva, irritante. Agitada a reunião: debates, discussões calorosas, pontos de vista obtusos, empedernidos. Tivera ímpetos de partir para a ignorância com um dos diretores. Como é que um bestalhão desse quilate chegara até ali? Ninguém percebia? Iam deixar um sujeito daqueles opinar sobre as resoluções mais importantes? Chegaram finalmente a um acordo, pelo menos no que se referia a itens prioritários. Voltou ao escritório, entrou por uma das portas laterais, mandou buscar um suco de laranja e um sanduíche. Enquanto aguardava, recostou-se no sofá. Na sala contígua já havia gente à sua espera.

– O senhor precisa de mais alguma coisa?

– A senhora ainda estava aí? Já devia ter saído. Ainda tem alguém à minha espera?

– A moça que fez as fotografias. Quer que o senhor veja se ficaram boas.

– Ela bem podia deixar isso para outra hora. Afinal de contas, não pedi tanta pressa assim. Nosso estande não vai ser montado amanhã.

– Quer que eu diga para ela voltar outro dia?

– Espere um pouco... Não. Prefiro resolver agora. Assim já me livro disso. A senhora pode sair. E, por favor, avise ao motorista que descerei dentro de meia hora.

O carro último-tipo-grande-preto, como todo carro de executivo que se preza, subiu a avenida – este trânsito é sempre de amargar mesmo não sendo hora de *rush* e esta chuva que não passa há duas semanas chove sem parar a cidade cheirando a esgoto a gente cheirando a mofo –, desceu a avenida, parou no sinal, desviou para a direita – antes a gente podia dobrar à esquerda agora tem que fazer este desvio e nestas duas quadras o trânsito virou lesma (quando consegue se mover) –, pegou outra avenida, enveredou para os Jardins – o jardim está que é só lama com certeza as plantas mais fracas vão morrer não é possível agüentar tanta água as crianças resfriadas irritadas todo mundo enervado as pessoas ficam neuróticas antes do tempo –, entrou numa rua arborizada, parou em frente ao cento e trinta e cinco, o motorista desceu para abrir o portão – se o tempo continuar deste jeito provavelmente amanhã cedo não vai haver teto e eu vou ficar plantado no aeroporto pelo menos umas duas horas vou até levar alguma coisa para ler ou aproveito para dar uma última espiada nos relatórios –, subiu a rampa, parou junto à porta de entrada.

– Muito trabalho hoje, meu bem? Cansado?

– Extenuado.

– Quer que eu mande servir logo o jantar?

– Não. Nem sei se tenho fome. Mande estas crianças diminuírem o volume da televisão e fazerem menos barulho.

Tomou um banho demorado, jantou pouquíssimo, deu algumas palavras com a mulher e os filhos, meteu-se na cama. Imergiu no Simenon que começara a ler na noite anterior. Para um bom *relax* nada como um policial bem escrito – receita muitas vezes útil aos homens de empresa, antes de apelarem para os comprimidos.

Et il couvrait le jeune avocat d'un régard ironique. Celui-ci ne pensait evidemment pas un mot de ce qu'il disait. Cela faisait...

– Preciso sair mais cedo amanhã. Vou ao aeroporto esperar um diretor que chega de Nova York. Vai ser um dia daqueles...

– Quando é que você não tem um dia daqueles?

[...] pas moins influencé par la présence de Maigret et il fut un bon moment avant de s'y retrouver dans ses notes.

– Não sei se o motorista foi avisado para vir mais cedo.

– Provavelmente foi. Não se preocupe. Você precisa descansar. Veja se consegue dormir.

Pôs o livro de lado. Deu uma espiada no que a mulher estava lendo. Como é que ela consegue agüentar essa merda açucarada? Preciso urgentemente melhorar o gosto literário de minha mulher. Levantou-se, foi à biblioteca, procurou três autores: Rubem Fonseca, Osman Lins, Dalton Trevisan. Deixou os livros sobre a mesa de cabeceira da mulher, dizendo apenas quando você terminar, leia estes que são bons. Tomou um comprimido e deitou-se de novo.

Aeroporto, hotel, companhia, diretores, almoço, companhia, diretores, planejamento, relatórios, cifras, perguntas e mais perguntas, esses executivos que chegam querem se inteirar de tudo num só dia, será que eles nunca se cansam? Às sete da noite breve pausa para: beijos rápidos na mulher e nos filhos, chuveiro, terno azul-marinho, camisa Pierre Cardin, gravata também Cardin, abotoaduras de ônix, e antes de sair para o jantar:

– Na próxima semana eu talvez precise dar um pulo até Nova York.

– Você ou nós?

– Se você quiser ir, meu bem, é claro que acho ótimo. Mas vai ser uma viagem muito rápida e vou trabalhar o tempo todo. Não sei se valerá a pena. Em todo o caso, você é quem sabe. Quando eu voltar, conversaremos. Estou em cima da hora.

(Mulher fazendo tricô e assistindo a – ou antes ouvindo – programa de tevê:

Música eletrônica (bg)

Dando início a nosso programa "Homens da Empresa", pretendíamos trazer hoje para os senhores uma extraordinária personalidade: doutor Horácio José Leme da Silva Dias, conhecido no mundo empresarial como o fabuloso HD.

Mulher ergue os olhos do tricô.

<table>
<tr><td>VÍDEO
Tape:
HD entrando na empresa
HD em sua sala
HD sentado à sua mesa

Close:
HD</td><td>Famoso por sua assombrosa capacidade de trabalho, Agadê é considerado um dos cérebros mais geniais entre os que atuam na empresa privada do país. No decorrer de sua carreira profissional, brilhante e incrivelmente rápida, doutor Horácio José tem ocupado posições de relevo nos setores financeiros e econômicos; e sua atuação na empresa que dirige tem sido das mais importantes e significativas. Infelizmente, para o nosso telespectador e para nós, doutor Horácio José (ou Agadê) precisou viajar para Nova York. É assim o mundo dos negócios: implacável e exigente. Nossos empresários, em virtude de seus compromissos, podem estar hoje em Nova York, amanhã em Paris, depois de amanhã em Tóquio.</td></tr>
</table>

Mulher ouve o filho chamando, larga o tricô sobre a cadeira, ergue novamente o olhar para o vídeo.

<table>
<tr><td>Close:
Apresentador

Close:
Entrevistado</td><td>Mas não se sinta logrado o telespectador: doutor Horácio José, antes de viajar, teve a gentileza de nos telefonar avisando que enviaria para substituí-lo um de seus assessores diretos, que temos agora o prazer de apresentar. Trata-se de um jovem economista, bastante conhecido, atuando junto a...</td></tr>
</table>

Levanta-se e vai ao quarto do menino).

Four Seasons. Gosto deste lugar. Já está se tornando um hábito: não há uma vez que venha a Nova York sem que dê uma chegada até aqui. Melhor seria se esta moça falasse menos, ou não falasse nada. Bonita, alinhada, bem-feita de corpo; mas demasiado falante para meu gosto. Será que ela vai apreciar devidamente um jantar no *Marmiton* ou é dessas que não distinguem um *Camembert* de um *Brie*? Também já estou pedindo muito. Contanto que não me venha sugerir o *Latin Quarter* ou qualquer outro com show feito sob medida para turista; isso eu não agüento. Seria ótimo se ela concordasse em ouvir um pouco de música no Village, *gospels* e *spirituals*, antes de irmos para o hotel. Andei demais no Metropolitan e depois na Guggenheim; afinal de contas, depois de tanto trabalho, pelo menos uma tarde reservei para fazer aquilo de que gosto. Nunca posso ver as exposições que me interessam. Será que algum dia terei tempo para pintar? Um último contato amanhã cedo, compras para minha mulher (provavelmente não poderei fazer todas), um presente para cada filho, e depois *back to Brazil*.

– Fez boa viagem, meu bem?

– Ótima. E em casa, e vocês? Tudo em ordem?

– Tudo bem. Os meninos queriam vir, mas achei preferível não perderem aula. E assim a gente conversa melhor, estou ansiosa para ouvir as novidades.

– Não tenho muito o que contar. Trabalhei como um alucinado.

– Mas à noite, pelo menos, você deve ter saído, deve ter visto alguma coisa, show, teatro, ou –

– Só fui ao cinema; duas vezes: Bogdanovich e Peckinpah.

– Você não viu nenhum musical?

– Não. Preferi ir ao cinema; me descansa mais.

– Francamente, não vejo como a violência do Peckinpah pode descansar alguém.

– É uma outra espécie de violência. A gente passa de uma violência real, cotidiana, para a condição de espectador. E isso descansa, atua como um *relax*. Para mim, pelo menos.

– Por falar em descanso, depois que você abrir a mala, conversar com as crianças, comer alguma coisa etc... é bom descansar um pouco porque hoje você tem um jantar.

– Ah, essa não! Não é possível! Mal cheguei. Estou exausto.

– Fiz tudo para evitar, mas já telefonaram duas vezes. É importante; precisam de você sem falta.

– Está vendo? É esta a espécie de violência a que me refiro: o sujeito chega extenuado, depois de um trabalho insano, depois de horas e horas de vôo, quer ficar em casa com a mulher e os filhos, pelo menos neste dia, e não pode. Tem que se vestir e ir a uma chatice de um jantar.

– Desculpe, meu bem, mas você é pago para isso.

– Eu sei. Não é preciso que você me lembre. Acontece que hoje não vou a droga de jantar nenhum.

Mas foi.

(Considerações de um executivo, bastante chateado, durante o jantar:

[...] morremos cedo, o desgaste do organismo humano tem limites. Somos peça básica da engrenagem, eixo propulsor, ponto de apoio, seja lá o que for, o caso é que nada funciona sem nossa presença, sem nossa assinatura. E o desgaste é imenso, prematuro. Somos regiamente remunerados, temos livre acesso aos figurões mais importantes do país, conhecemos (e possuímos) mulheres fabulosas, viajamos, nos hospedamos em hotéis de luxo, temos carros e motoristas à nossa disposição, comemos e bebemos do bom e do melhor – mas, e o que nos pedem em troca? Somos verdadeiros tratores aplainando os caminhos da empresa. Quando resolvermos (ou pudermos) parar, quanto tempo ainda nos sobrará?)

Mais dois anos que HD passou: em reuniões de diretoria, recebendo empresários do país e do exterior, em vôos domésticos e *overseas*, fazendo relatórios, assinando contratos, confabulando com grandes banqueiros, tendo idéias brilhantes para projetar o nome de sua empresa (idéias que evidentemente não foram: patrocínio de edições de luxo, exposições de artes plásticas, concessão de bolsas de estudo – campo já bastante explorado). No decorrer desse período amou e teve, além da própria, cinco mulheres: três um tanto chatas, uma razoável, uma fabulosa. Nos poucos fins de semana em que conseguiu sair da capital, tentou descansar em seu apartamento no Guarujá ou sua fazenda em Campinas. Nos primeiros meses desse segundo ano, apresentou graves sintomas de *nervous breakdown.* Tirou férias, voou para a Suíça, passou quarenta dias em Lausanne, à beira do lago. Voltou mais dinâmico e eficiente do que nunca. Jamais a empresa admirou tanto, como nessa época, sua capacidade de trabalho, seu espírito criativo e empreendedor. Foi então que se pensou em seu nome para a presidência. Já se cogitara isso anteriormente, mas de certa maneira um tanto vaga, pois, além do seu, outros nomes havia qualificados para preencher cargo de tal importância. Mas, desde que HD ao voltar da Suíça reassumira suas funções, os outros nomes foram-se aos poucos apagando.

Casa cheia, movimentada. Amigos chegando, telefone tocando sem parar, garçons de um lado para outro, champanhe, uísque, bandejas com salgadinhos. Cumprimentos e mais cumprimentos. Euforia geral, mesmo a de alguns diretores ressentidos, que tentavam dissimular a decepção sob o sorriso e o abraço com que cumprimentavam o novo presidente: doutor Horácio José Leme da Silva Dias. Aturdido, era levado ora para uma sala, ora para outra; chegavam-lhe aos ouvidos palavras cujo sentido lhe escapava, recebia abraços, tapinhas nas costas, via gente amiga, gente com quem mantinha relações distantes, parentes – e o aturdimento crescendo. Uma nuvem negra escureceu-lhe subitamente a vista, pontinhos brilhantes dançavam à sua frente. Apoiou-se numa cadeira próxima, livrou-se de um abraço, subiu e trancou-se no banheiro. Lavou o rosto com água fria, respirou fundo, sentou-se na banqueta, encostou a cabeça nos azulejos. Assim que melhorou, resolveu descer: provavelmente já teriam dado por sua ausência. Foi de novo cercado, arrastado de um lado para outro, de uma sala para outra, em meio ao vozerio, a ruído de copos, risos, abraços, cumprimentos.

Todos os obstáculos removidos, HD na presidência.

ANNA MARIA MARTINS, paulista.
Publicações: *A trilogia do emparedado* (1973), *Sala de espera* (1978), *Katmandu* (1983), *Retrato sem legenda* (1995) e *Mudam os tempos* (2003).
Prêmio Jabuti, da Câmara Brasileira do Livro, e Prêmio Afonso Arinos, da Academia Brasileira de Letras (1973).
Membro da Academia Paulista de Letras.

O piano

Cristina de Queiroz

– Você é rebelde é cínica. Intratável também!

Não, eu sou apenas só e por isso agrido os que não o compreendem!

Era isso que deveria ter respondido. Agora, entretanto, é tarde. Naquela época talvez houvesse tempo, mas eu era muito criança, e criança que já sabia que tudo se resolveria se houvesse amor. Mas não havia. Eu sabia, é verdade, sabia... Mas entre saber e aceitar vai uma longa faixa e, também, se aceitar fosse mais fácil, não seria preciso tanto sofrimento, tanta angústia.

– Venha tomar chá!

Sorrio para a figura atrás dos vidros, faço que sim com a cabeça. Antigamente diria: Não! Tinha por uma espécie de obrigação responder negativamente a tudo quanto me ofereciam. Creio que não souberam contornar o problema, que não seria assim tão difícil. Com um pouco de interesse talvez se acertasse tudo, inclusive aquelas estranhas e repetidas agressões. Mas quem sabe não lhes interessasse contornar problema algum. Afinal eu era uma espécie de pensionista imposta, um feixe de problemas que desabara sobre eles e com o qual tinham que arcar, quando na verdade nada tinham a ver comigo, a não ser uma mera relação de parentesco.

– Você não vem? O chá esfria...

Levanto-me, sorrio, desculpo-me. Fernando sorri, de quando em quando toca-me as mãos e faz-me uma porção de perguntas que me apresso a responder. Talvez, se lhe dissesse que hoje sou muito mais passado que presente, se lhe falasse da minha falta de atenção... Mas não vale a pena aborrecê-lo, e também, eu mesma teria dificuldade em contar coisas minhas. Acontece sempre esse bloqueamento, sempre.

Fernando gosta de chá e tem unhas e colarinhos impecáveis. Semanalmente manda-me flores, de preferência cravos vermelhos. Não sei por que achou que os aprecio, quando na verdade quase os detesto. Mas os recebo sorrindo e agradeço com uma porção de palavras que com certeza espera ouvir de mim. Não deixa de ser estranho que eu sempre diga o que as pessoas esperam, se bem que algumas vezes venha a espatifar tudo, num só momento e sem nem ao menos saber bem por quê.

Fernando percebeu minha distração, este quase alheamento, e por isso pergunta-me coisas triviais. – Respondo-lhe que vi o filme, sim. – Se gostei? – Não muito. Foi apenas um cartão-postal, ou melhor, uma sucessão de cartões-postais perfeitamente dispostos. – Por quê? Será terrível explicar o porquê, hoje não, pelo amor de Deus, hoje não. Ele insiste, ah, por que fui falar em cartões-postais?... É melhor dizer-lhe que me enganei quanto ao filme, sim, é mais fácil. Pronto: – Enganei-me. Que mal há nisso se vivo saindo e entrando em cinemas. Isso é fuga! – diz Fernando dogmático. – Não sei. Sim... talvez seja. Tem razão. Você sempre tem razão. – Novamente afirmo que o chá está muito bom. – Só pelo chá? Qualquer um faz chá. – Não, não é tão fácil assim fazer chá, eu mesma... Bem, eu não sirvo de padrão. Que vontade de gritar-lhe: Olhe, olhe bem para mim, será mesmo possível que você não perceba a fraude? Quando me disseram que nada mais era que um enfatuado com ares de... Não! Não é justo. Fernando é até bom demais...

– É bom gostar de você, e além do mais você gosta de chá!

Sorrio novamente, e novamente afirmo que tudo está ótimo, quando na verdade não gosto de chá, nem de cravos, nem desta sala apinhada de coisas, nem das histórias que conta sobre o pai e o avô, e talvez apenas pense gostar desse homem que, também, por sua vez, apenas julgue me amar; pois não sou essa pessoa que está aqui com ele a tomar chá. Mecanicamente vou respondendo às perguntas. Mecanicamente sorrio e lhe devolvo olhares. Agora ele se levanta, pede licença e se dirige ao seu escritório de homem ocupado e bem-sucedido.

Novamente estou só comigo, ou melhor, no passado, onde me encontro desde hoje de manhã cedinho quando recebi os cravos. Que estranha essa teimosia do passado, como estou aferrada a ele, por menos que queira, por mais que recuse volto sempre para lá. Qualquer associação produz evoluções absurdamente nítidas. Fernando diz: – Venha tomar chá. Docemente caminho até ele e tomo essa insípida bebida açucarada que quase detesto.

– Você não vem tomar chá? Ande, menina! – dizia tia Alice.

– Não. Não vou! – E às minhas respostas seguiam-se sempre as mesmas palavras:

– Você é rebelde e cínica. Intratável também!

Invariavelmente eu sorria e então estava formado todo o atrito e as sucessivas discussões. Na face das outras crianças estampava-se uma expressão dupla de medo e admiração. Eu era aquela que não temia a mão dos adultos nem chorava na solidão dos quartos escuros. A princípio tal constatação me envaidecia. Porém, pouco a pouco, foi-se estruturando em mim um sentimento de angústia e medo. Alertava-me de que agindo rebeldemente nada conseguiria, a não ser maiores desavenças. Entretanto, era-me impossível mudar minha forma de reação para com os outros, assumir novas atitudes. O medo, no entanto, aumentava, e as faces perplexas das outras crianças pouco ou quase nada me diziam. A angústia frente aos quartos escuros passou a assumir proporções monumentais, e durante uma época vivi tomada de um incontido terror. Aos olhares e expressões ameaçadoras sucediam-se crises de pânico que era-me possível dissimular através da ironia e de atitudes de desassombrada coragem.

Certo dia, anunciaram-me que iria viver em outra casa. Comecei a reconstituir frases ouvidas ao acaso, pois vivia atenta, e formei o todo, o porquê da súbita mudança. Era necessário que se preservasse a ordem; minha presença, segundo tia Alice, era perniciosa às crianças. Atônita, dei-me conta da estranha força que eu era, mas também havia o medo, o medo enorme. Para onde iria?

Chamaram-me à sala, a uma sala por demais semelhante a esta, e comunicaram minha ida para a casa de tia Glória, que estava disposta a receber-me desde que não lhe causasse maiores transtornos. Fizeram-me prometer que me tornaria dócil, mas não creio que acreditassem nisso, eu era o protótipo da insubordinação. No fundo talvez se regozijassem com a mudança, não tanto por mim, mas por tia Glória; havia um velho ressentimento em relação a uma antiga herança.

Os olhares convergiam sobre mim. Tia Alice abanava-se com a ventarola chinesa e essa foi a primeira vez que senti, conscientemente, um incontido desejo de estabilidade. Queria gritar, pedir, implorar que me deixassem ali. Sabia da fama de tia Glória, de sua reputação de solteirona mesquinha e maledicente, egoísta e má. Além do mais havia as crianças, gostava tanto delas, de Carlinhos principalmente, o que horrorizava tia Alice. Nunca suportou a visível predileção do filho mais velho por mim. Mas naquele momento eu estava disposta a sufocar o amor-próprio, mesmo que mais tarde Carlinhos me censurasse. Era necessário fazer-me boa, era necessário, mais que tudo, permanecer ali. Tentei prometer bom comportamento, iria estudar piano, como Neusa, nunca mais me distrairia nas lições. Não haveria mais reclamações a meu respeito. Já me via uma menininha dócil e bem-comportada em meu vestido de organza com pequeninas flores azuis. Meu cabelo estaria muito bem escovado, o rosto brilhante de tão limpo. Ofereceria flores à tia Alice e, mais que tudo, tocaria bem piano. Sim, tocaria. Nunca mais erraria nas escalas, nunca mais... – Até hoje não sei se fui eu quem não soube fazer-se entender ou eles que se recusaram a ouvir-me. Não sei!

Fernando ligou o toca-discos. Está sempre fazendo coisas, ainda que inúteis e por isso se queixa de que nunca lhe sobra tempo. Com certeza acha que me aborreço por estar aqui sozinha, à sua espera. Mas não, expliquei-lhe tudo, disse-lhe que vinha para cá apenas para não estar tão só. Não sei por que hoje voltou-me essa insegurança e esse alheamento que não lhe posso explicar. Fernando pouco se preocupa com pensamentos, e em seu vocabulário não inclui a palavra angústia. Só entende atos, ações. Vive se movimentando, mesmo caoticamente; é o fazer para não pensar. Tia Glória também vivia fazendo coisas, ou melhor, a cuidar de si mesma. Na verdade não era má, foi uma falsa informação. Apenas voltava-se demais para a própria pessoa e cansava os outros. Ainda assim foi bem melhor viver com ela, mas terríveis foram os dias que antecederam minha partida, foi muita a insegurança e o medo.

Naquele dia eu voltava com Carlinhos do jardim, quando entrei em meu quarto e vi malas arrumadas. Sobre a cama o vestidinho de organza, e a voz da tia Alice dizendo-me que o vestisse. No meio do caminho colocaram em meus braços cravos, a flor predileta de tia Glória, e foi assim que penetrei naquela enorme casa de quartos imensos e escuros. Para ser-me agradável, tia Glória ofereceu-me o quarto que fora de minha mãe e nele vivi noites de incontrolável solidão.

– Demorei-me muito?

Fernando trocou de terno. Gostaria de perguntar-lhe por que muda tanto de roupa. Respondo-lhe que nem notei a demora e apresso-me em corrigir-me. Ele se achava imprescindível em todos os momentos, talvez por ter sido filho único, mimado e ultraprotegido. Não sei! Pede-me mais meia hora de espera, pois esqueceu-se de fazer alguns telefonemas e olhar alguns papéis. Adora fazer-se de importante, não sei por que, se a vida toda lhe deram todos os minutos de atenção. Tia Glória sempre desejou-me um marido como Fernando: perfumado, estabelecido, formado em Direito e de relógio no bolso do colete. Mas são essas coisas, exatamente, que às vezes me exasperam, assim como marcar hora para o amor. Deve ser difícil ser esposa de Fernando, ou melhor, aborrecido, chato demais. Neusa com certeza haveria de sair-se bem, e feliz, além do mais. Afinal, sempre insistiu em tocar piano, vivia de cabelos escovados, colecionava santinhos e acabou até mesmo fazendo um curso de arte culinária. Sim, Fernando precisa de uma mulher assim, que traga pregado no peito o emblema de alguma associação de caridade. Entretanto, era isso que tia Glória queria para mim, e eu a vida toda fiz o oposto do que pretendiam, embora minhas atitudes enganassem a muita gente...

Tornei-me dócil e compreensiva, ou ainda, meu medo era tanto que parti para aquela espécie de fuga e desistência. Compreendi ser bem mais fácil viver assim, não causava tantos aborrecimentos, isolava-me num quarto, e pronto. Terminaram as constantes queixas a meu respeito e percebi também que seria muito mais fácil fazer cada um enxergar aquilo que pretendia. Era uma maneira de poupar-me. Foi desse modo que me converti num simples objeto de uso alheio, alienando-me de mim mesma. Descobri que a única maneira de obter permissão para passeios e outras ausências era seduzindo adultos. Por meio de pequeninas coisas comprava-lhes uma certa indulgência. Assim, colhia flores para tia Glória, apressava-me em estender-lhe a mão quando ameaçava levantar-se da cadeira, levava-lhe aspirina e chá. Pedia-lhe que me contasse histórias de sua mocidade, respondia às suas perguntas com suas próprias palavras e intercalava minhas frases com seus conceitos.

À medida que crescia, fui-me corrompendo gradativamente, adquirindo expressões aprovadas por ela e normas de conduta previamente estabelecidas. Mais tarde veio, conscientemente, a amargura e o conflito em saber-me bipartida, apenas como um ser para o outro. Às vezes, alarmada, perguntava-me a mim mesma: Mas até onde serei eu? – A única maneira de escudar-me de mim mesma era elaborando por demais as coisas. Distorcendo-as, camuflava-me aos meus olhos.

Quando tia Glória morreu, achei que finalmente poderia partir para a vida e ser eu mesma. Alarmada, via em mim os embates de duas criaturas, e a impossibilidade de uma total integração. Inutilmente tentei agredir a parte dócil e bem-comportada, aquela enfim aceita pelos outros. Inutilmente tentei libertar-me, assim como agora me é impossível dizer a Fernando que detesto chá. Na verdade, minha atitude para com ele nada mais é que uma cópia das anteriores que delinearam minha vida e, no fundo, talvez nada mais seja que medo de perdê-lo. Muitas vezes, claramente, sinto não amá-lo, o que é razoável, mas a insegurança e o medo, embora expressos de outra forma, são tão presentes que qualquer coisa que se afigure aos meus olhos como real e fixa passa a ser razão suficiente para que me apegue a ela de maneira desmedida.

Fernando, aparentemente, visto através de lentes burguesas, é seguro e fixo, é o protótipo do homem bem-sucedido. Sólido e estável, quanto se pode dizer de não transitório tratando-se de pessoas. Mas até quando Fernando permanecerá? Ou até quando só lhe mostrarei uma das faces? Não sei e isso eu temo. Volta novamente o medo antigo, essa infinita angústia que é pior que tudo. Mas até quando tomarei chá e receberei cravos com palavras e expressões de incontido agradecimento?

Carlinhos, quando cresceu, veio buscar-me como prometera. Dei-lhe a face que procurava, e ele amou-me até que, de um momento para outro, sem mesmo compreender bem por que, tudo espatifei. Quando Carlinhos partiu, pensei que não fosse me sentir tão só, sabia não amá-lo, mas desesperei-me, era insuportável tanta solidão.

Minha insegurança volta e é tão sentida, quase que absolutamente insuportável. Às vezes sinto-me a criatura mais corrompível e sinto vontade de apontar às pessoas, masoquisticamente, o engano em que incorrem ao tratarem comigo. Outras vezes asseguro-me de que somente dentro dessa situação consigo sobreviver, uma vez que só por meio dela consigo relativas cotas de afeto e estabilidade. Mas as duas posições chocam-se e me conflitam.

Hoje pressinto que não levarei até o fim a encenação que venho propondo a Fernando, alguma coisa explodiu em mim. Algum dia acabarei falando, algum dia direi a Fernando que ele e sua sala cheiram a morte, que me apoiei nele como quem se apóia a um objeto, e que também para ele não passei de mero objeto de discutível entretenimento. Direi que apenas fui aquilo que pretendia, que buscava encontrar em mim e nunca eu mesma, eu e meus temores e angústia sem fim...

Ouço os passos de Fernando, anda apressado e antes mesmo de abrir a porta já diz qualquer coisa. É justamente por isso que tantas coisas lhe escapam. Fernando apenas fala, jamais ouve. Mas preciso sair desse alheamento, estou dispersiva, obliterada, e é necessário que eu veja tudo em suas exatas dimensões. A porta abriu-se, pronto: Fernando está na sala. Estende-me a mão... Eu não entendo o que está atrás dos gestos. Deveria entender, é claro que vou entender. É claro! São sempre os mesmos...

Esta sala é apertada e os objetos parecem estar ligados uns aos outros, como um grupo de pessoas, onde um é a extensão do outro, sim, um aglomerado, muitas pessoas para pouco espaço... e esta penumbra, as lanternas chinesas projetando sombras ofuscam-se ainda mais. Fernando fala... fala... – Peço-lhe que repita, sim, repita, eu não entendi direito, eu... – Ele aponta e sorri:

– O piano...

Ah, o piano, sim. Fernando quer que eu toque piano, como sempre, sempre. Sim, os gestos são sempre os mesmos e as palavras iguais. Fernando aponta, aponta... Mas eu não quero, não posso. Meu Deus, eu tenho que falar, tenho que conseguir dizer alguma coisa, tenho que responder compassadamente, como se nada houvesse. Ele aponta novamente, Fernando espera e já não sorri. – Minhas mãos tremem... Ele espera-me... Já levantou a tampa do piano, já mudou os cravos vermelhos, acendeu as velas... Estou começando a suar frio, por que, meu Deus, por quê? Este frio e este tremor? Só mais uma vez, só mais esta vez e pronto... E este frio, por que este frio e o tremor? Eu não vou errar nas escalas, não vou. Tia Alice não vai me censurar. Não vou para o quarto escuro nunca mais, nunca mais. Eu cresci. Cresci!

Fernando fala, Fernando disse qualquer coisa que não entendo. Olha-me... Olha-me e fala-me... ou não? Não sei! Não sei mais nada. Só este frio e este temor. Sei apenas que tremo, tremo, meus olhos absurdamente fixos e abertos... – Feche a tampa do piano. Feche... Feche... Feche...!

– Você não vem tocar piano?

Fernando alisa a tampa do piano. Desse piano velho e escuro, com castiçais ao lado. Apagou as lanternas chinesas. Restam as velas acesas.

Essas velas enormes e horríveis... Não! Não vou tocar com velas acesas, nesta obscuridade toda, eu não vou, o cheiro das velas...

– Você...?

Não, eu nunca mais vou sentar-me aí. Eu detesto esse piano escuro, detesto ver você abrir-lhe a tampa, assim como os cravos perto dele, assim como as velas que você acende. Parece morte. Morte! Era tia Alice quem abria o piano da sala e me dizia:

– Não erre nas escalas, senão, já sabe! Ah, se você tivesse mãe...

Minha mãe, tentei lembrar-me, tentei, mas não foi possível. Ela estava coberta de cravos e não pude alcançar seu rosto. Foi uma grande viagem, figuras imensas enchiam a sala e havia sombras, muitas sombras sobre tudo e as pessoas impediram-me o caminho... Sim, uma longa viagem para nada. Só percebi quando desceram sobre ela uma tampa escura...

Fernando fala... fala... fala...! Saio para a rua, quero inundar-me de garoa e de neblina...

CRISTINA DE QUEIROZ, paulista.

Publicou *O visitante de verão* (contos).

Prêmio Jabuti (1974), da Câmara Brasileira do Livro.

Port Moresby

Dinah Silveira de Queiroz

Seu carro era sua força. Somava-se a ele e, quando tinha crises de desconforto, vadiava pela cidade. Em muitas ocasiões, ao varejar pelo arredondado das ruas do Jardim Europa, vira criaturas semelhantes, que com ela se pareciam até como irmãs gêmeas; seus cabelos em mechinhas, a maquilagem da estação rigorosamente copiada, um anel de bom gosto que brilhava, achatado, na discrição da jóia única, que agora estavam usando. Mas até hoje essas irmãs gêmeas não lhe haviam aparecido com um toque de agressividade. Só neste momento, numa fila de carros paralisada por um conserto na rua Augusta, ela as vira como que saídas de um próprio espelho que lhe deformasse ligeiramente a visão. Olhavam-na meio carrancudas, na face escorrida, o penteado desafiando a uma e às outras na falta de originalidade tão custosa. Fora um segundo, talvez. Dorothy tivera tempo de ver à direita e à esquerda e, já um pouco assustada, atrás de seu carro, figuras de mulheres parecidas que com ela competiam na turbulência das ruas de São Paulo. Percebeu que o carro era seu refúgio, embora não soubesse por quê. Já estava na hora de voltar para casa, mas iria comprar qualquer coisa absolutamente inútil que serviria de pretexto para suas andanças em meio àquelas rivais cuidadas, senhoras dos maiores carros, que disputavam com ela a cena do bairro como artistas não apreciadas por uma platéia que desprezava todas juntas. Depois de muitas voltas, chegou em casa. Embora tivesse passando a hora da vinda do marido, ele ainda não aparecera. Foi à sua mesa para endireitar os objetos e empilhar os papéis e deu com o eterno *Boletim Agrícola de São Paulo*, que recebia todas as tardes. Não teria lido a notícia, se ela não ocupasse metade da primeira página, com manchetes enormes. "Em Port Moresby uma mulher é vendida por cem bois, duzentas sacas de café, cinqüenta cabras."

Aquilo soou como uma novidade. Foi lendo. "Na pequena cidade de Port Moresby, que fica no Golfo Papua, no Pacífico, a filha do líder de emancipação feminina, tendo tido a oferta altíssima com fins de casamento de cem bois, duzentas sacas de café e cinqüenta cabras, além de mais trezentos quilos de sal, foi vendida em matrimônio para um jovem herdeiro que desmoralizou com sua oferta os pendores político-sociais do pai da noiva, uma bela papua de dezenove anos."

Dorothy sentiu grande avidez pela notícia. Talvez lá por dentro do *Boletim* houvesse um retrato da bela papua vendida em Port Moresby. Nada encontrou a não ser as repetidas notas sobre melhoria de maquinismos rurais, aos quais se ligava o marido por força de seus negócios. Pensava sempre que Jorge, por não ter filhos, votava às máquinas agrícolas uma espécie de amor. Talvez ele as vendesse como o pai da bela papua de dezenove anos, entre a glória de oferecer tão bela mercadoria e a pena da separação. Havia alguns anos que Jorge lidava com essas máquinas. Freqüentemente, fazia ofertas ao telefone ou negociava em sua própria casa com fregueses mais importantes. Fazia, então, louvores às máquinas beneficiadoras de café, de descaroçar algodão ou de aparelhos que se adaptavam a seres humanos, transformando-os também em máquinas, a distribuir sementes a todos os ventos, permeadas de umidade. Neste boletim, por exemplo, havia um gafanhotão humano com um maquinismo às costas e, embaixo, os dizeres: "Semeio a todos os ventos. O velho lema entrou agora para a moderna agricultura como o mais eficaz plantador de sementes".

Quando Dorothy colocara no lugar devido o *Boletim Agrícola de São Paulo*, o telefone soou. Era Jorge com a voz afinada, vinda numa ventania sonora, dispersando frases, que permeavam na ligação interurbana:

– Dorothy, meu bem. Ei, Dorothy? Estou aqui numa fazenda em Campinas... Não posso deixar de aceitar o convite para jantar. Você compreende...

– A que horas você chega?

– Lá para as onze. Já chamei Martinha para fazer-lhe companhia.

Seu marido sabia da sua solidão? Claro que sabia. Vivia mandando essa Martinha que preenchia impessoalmente algumas horas em que ele não podia estar em casa. Martinha fazia tapetes, era solteira, já desanimara de casar e freqüentava grupos de análise. Falava pouco de sua vida pessoal. Associava-se à cunhada por uma espécie de obrigação que as tias velhas mostram para sobrinhos desagradáveis.

Dez minutos depois, Martinha chegou com sua enorme bolsa em cujas profundezas habitava um magnífico tapete, seu amor, seu orgulho, que ela desdobrou aos olhos de Dorothy.

Dorothy examinou minuciosamente aquele trabalho calcado sobre um modelo que a professora disse ter vindo dos tempos clássicos.

– Nos tempos clássicos já se usava tapete?

– Não sei, este é copia de mosaicos.

Tudo lhe falava de aplicação de tempo bem-sucedido. Martinha não era ninguém, afinal. Mas estava fazendo um tapete que poderiam chamar de obra de arte. Ela se envaideceria, teria algumas dificuldades em arrumar um canto da casa para colocá-lo, pois julgava uma indignidade vendê-los e era bastante egoísta para dá-los de presente ao irmão ou a outra pessoa qualquer. Criava, sim, alguma coisa. Nessas complicadas pequenas imagens do tapete, estava incluída como parte de si mesma, da sua capacidade humana de provocar admirações, enquanto ela, Dorothy, vadiava com seu carro no meio das suas gêmeas solitárias, de feições tensas e levemente zangadas umas com as outras.

– Martinha, hoje li uma coisa extraordinária.

– Que coisa? – perguntou Martinha, que já se sentara, puxara o tapete, dela fluindo na riqueza de seu colorido chamejante.

– Imagine você. Em Port Moresby, as mulheres são trocadas por cabeças de gado, sacas de café e cabras!

– Quer dizer, então, que lá elas valem alguma coisa – disse Martinha, mostrando algum ressentimento por não ter recebido qualquer oferta por sua pessoa.

Dorothy começou a dar passadas que iam desde a poltrona de Martinha até o relógio que Jorge havia trazido com o casamento, havia vinte anos.

– Eu acho isso incrível e, o pior, a imprensa parece não estar impressionada! Só vi a notícia no *Boletim Agrícola.* Num dia de hoje – mulheres vendidas!

– Trocadas.

– Dá no mesmo. Vai ver que em Port Moresby não há dinheiro.

– Onde é que fica esse tal de Port Moresby?

Dorothy viajou pela pequena estante do marido. Foi à enciclopédia, procurou e, por fim, encontrou: "Pequena cidade costeira (mil e trezentos habitantes em 1950), de Nova Guiné, no Golfo de Papua. Capital do território do mesmo nome. O porto, protegido por rochas cristalinas, foi descoberto em 1873 pelo capitão John Moresby. Exportação de fibras, café, borracha". Enquanto Dorothy ia lendo, Martinha dava vigorosos nós nas franjas do tapete, talvez levemente irritada:

– Também num lugar como esse, no fim do mundo, não admira que vendam mulheres.

Dorothy ficou meio perplexa. No fim do mundo vendiam mulheres e Martinha não se impressionava com isso? Mas, obscuramente, sentia que aquilo estava ligado à sua vida. Por quê? Talvez um dia, cercada por senhoras entre as quais sobressaísse a mulher do governador, aparecesse em um programa de televisão lançando uma campanha em favor da elevação social das desgraçadas mulheres que ainda hoje são trocadas por bois, sacas de café e cabras em Port Moresby. Então, teria feito alguma coisa melhor do que os cem tapetes defluídos da mão de sua cunhada.

– A gente podia fazer uma campanha, Martinha.

E, de repente, o sangue subiu à cabeça:

– Uma campanha que um dia fosse mandada via satélite. Todo mundo ficaria sabendo.

– Você acha que em Port Moresby tem televisão?

Pergunta idiota aquela, só mesmo de Martinha. Se em Port Moresby não há televisão, deveria existir qualquer aparelho em qualquer cidade maior da Nova Guiné e, mesmo que não houvesse, a campanha acabava por sair em jornal. Nós aqui não ficamos sabendo que em Port Moresby estão vendendo mulheres? Tudo comunica, como estão dizendo agora.

Martinha não insistiu. Levemente, muito de leve, se viu vinte anos mais jovem, trocada por cem bois e reclinada num tapete magnífico que ela mesma tecera, abraçada a um jovem papua. Não perguntou que quer dizer papua porque a Dorothy iria de novo à enciclopédia, e "tome Port Moresby em cima de mim. Afinal, já estou ficando meio perturbada".

Jantaram as duas, cada qual com um caminhar diverso de idéias e sonhos. Martinha pensava nos papuas. Quanto valeria? Dez cabeças de gado? Talvez nem tanto.

Num dia distante, acontecera aquele homem na sua vida. Passara como tempestade e ninguém soubera dele na família. Somando esse desgaste físico ao tempo vivido, talvez... valesse quatro ou cinco bois. Enfim, as mulheres de Port Moresby tinham um meio prático de saber seu preço. Não eram prostitutas, eram mulheres de bem, trocadas pela vida toda, por bois, cabras, sacas de café e borracha. Os talheres faziam um ruído meio enervante, quando Martinha achou o que procurava, inconscientemente:

– Você se esqueceu de que aqui também tem dote, enxoval, presentes?

– Por favor, Martinha, você não vai me dizer que é a mesma coisa.

– Não é a mesma coisa, mas parece.

Dorothy não zangou com a cunhada, porque precisava dela como necessitava do seu carro. Se Martinha não existisse, teria de ser inventada.

Não dispunha de amigas mesmo, acabaria falando sozinha, alto, se não houvesse a cunhada.

Quando Jorge chegou, Martinha já havia dobrado seu tapete glorioso e partido para seu apartamento onde as marés dos tapetes escorregavam pelo assoalho, invadiam paredes, afluíam por sobre biombos.

Jorge chegou triunfante, pois vendera semeadores hidráulicos a uma firma de parques e jardins. Tivera promessa de boa venda, também, para outras invenções no combater a ferrugem e o fungo. Por acaso, dera com uma fazenda na qual morava um homem que ela, Dorothy, deveria conhecer das reportagens sociais. O Tuca Melo Ayres.

– Aquele que mandou construir uma capela com pedras e um altar da Bahia?

Quando Dorothy fez essa pergunta, seu coração bateu desordenadamente, porquanto sabia que aquele conhecimento talvez fosse a chave de uma sociedade, da qual vivia afastada. Jorge, ao deitar-se, disse com certa displicência:

– É, amanhã nós vamos jantar na casa dele.

Ficou meio pensativo e continuou:

– Dizem por aí que os Melo Ayres não pagam, mesmo. Mas negociar com eles é bom, porque entramos em cheio nas suas relações. Parece que o jeito dos Melo Ayres é esse: pagar pela mão alheia.

Como aconteceu durante o jantar, em que ela e Martinha tinham seguido cálculos e sonhos diferentes, agora estavam os dois ali deitados, cada um pensando, devaneando, atrás de sucessos diversos, de um amanhã diferente, na casa dos Melo Ayres. Já de luz pagada, a voz de Dorothy subiu no escuro, como fumaça de um cigarro que se apaga:

– Você sabe que em Port Moresby...

Um pequeno rosnido. O barulho leve de um ajeitar de travesseiros, a respiração de quem caiu no sono. Saindo do aceso pensamento de Dorothy, caravanas de papuas invadiram o quarto festejando a noiva de dezenove anos, que havia sido trocada por cem bois, duzentas sacas de café, cinqüenta cabras. Em cortejo simétrico passavam os papuas que levavam trezentos quilos de sal.

Quando Dorothy acordou, seu marido já havia saído para o escritório. Fez a primeira refeição com uma leveza na alma, assim numa espécie de renovação interior. Via-se numa grande roda, pontificando sobre papuas e seus costumes. Para essa ocasião, teria de ser penteada por Aubert, que sabia fazer como ninguém as suas mechinhas e puxar franjas leves pela testa e pelas orelhas, que davam um ar mais juvenil. No cabeleireiro, debaixo do secador, tentou um diálogo sobre Port Moresby com uma desquitada, que era sempre sua companheira no *coiffeur*. Ao ouvir-lhe a história, a desquitada respondeu-lhe enquanto uma jovem tratava de seus pés, um tanto enfeitados pelos joanetes:

– É, aqui é o contrário. Com essa crise de homem, se as mulheres pudessem, compravam maridos. Eu até que era capaz de dar umas cem sacas de café, quem sabe se chegava até a trezentas. Não arranjo nenhum para fazer um "programinha". Detesto andar no meio de mulherada e só vivo no meio delas.

Aubert, ao ouvir a história em pedaços, teve um cumprimento gentil e estimulante:

– Não sabia que a senhora tinha uma *cabeça.* Sim – disse ele como que a considerando –, uma boa cabeça. Era, eu que afinal lhe conheço tão bem os cabelos, a qualidade do xampu requerido, não sabia que era *uma* cabeça.

Dorothy passou o resto da tarde sonhando com sua campanha em favor das mulheres de Port Moresby. Hoje à noite teria a sua primeira e grande oportunidade.

Ao contrário do que esperava, preparando respostas fascinantes, o que ela encontrou em meio das senhoras foi uma espécie de letargia. Depois do jantar, aquelas belas mulheres estavam lânguidas e pouco propensas ao diálogo. Duas ou três fumavam, outras sorriam vagamente, enquanto no canto da sala os homens, esses sim, falavam, falavam, falavam de olhos acesos, alguns já um pouco pesados de bebida. Dorothy apurou o ouvido e apanhou pedaços tênues de frases. De repente, todos eles inclinaram a cabeça para um indivíduo menor. Ela soube que estavam no momento da piada e resolveu desviar a atenção. Sempre sentia algum embaraço, diante do silêncio, numa roda. Naquele momento porém, depois do champanhe de sobremesa, virara o cálice de Cointreau e sua voz dela se desprendeu com um timbre muito alto:

– Vocês sabem, quero dizer, as senhoras sabiam que em Port Moresby as mulheres são vendidas?

Espicharam para ela faces estremunhadas e aborrecidas. Aquelas mulheres elegantes não costumavam falar nunca quando estavam sozinhas. O diálogo era uma vulgaridade que já haviam superado há muito tempo. Mas para felicidade de Dorothy não chegaram a manifestar sua desaprovação, porque alguém vinha ruidosamente e elas de súbito pareceram encantadas, só para dar-lhe os melhores sorrisos:

– É o Theo, é o Theo...

Quem aportava ali era o Theo da seção social mais lida em São Paulo. Já colhera informações sobre a Bolsa entre os homens; também tivera a última do governador, assim como recolhera, nessa noite, o nome do futuro cônsul de São Paulo.

– Minhas belezas, quais são as novidades?

Dorothy, as faces vermelhas, aproveitou a vez que não viria nunca mais:

– Pois eu tenho uma notícia para o senhor!

– Mas você não me apresentou esta beleza? – disse Theo à dona da casa, uma senhora baixinha de franjas, com algumas manchas ruivas à beira do decote.

A senhora fez as apresentações, um pouco embaraçada. Afinal, o marido aparecia, de vez em quando, trazendo gente que "nunca ninguém ouviu falar". Theo inclinou-se diante daquela bela dama, que parecia o único ser vivo no meio do grupo, cujo enfaramento seria impossível de disfarçar, após o primeiro momento das festas que lhe fizeram.

– O senhor sabe que em Port Moresby estão vendendo mulheres?

– Só em Port Moresby? – perguntou Theo, enquanto risinhos um tanto fatigados ecoavam mansos, em torno.

– Só em Port Moresby, senhor Theo. Uma bela noiva papua custa cem bois. O senhor não acha uma indignidade?

Theo ficou meio indeciso. Ela estaria fazendo ironia? Onde ficaria Port Moresby? Na Inglaterra, nos Estados Unidos? Abriu os braços e disse sorrindo com os lábios, o olhar cravado em seu decote, a pele rosada, um pouco trêmula pela emoção.

– Devo reconhecer minha ignorância, não sei... se você está contando uma história ou se quer divertir-se à minha custa.

Corajosamente, ela se pôs de pé e lhe disse frente à face:

– Port Moresby fica na Nova Guiné e eu queria que em sua coluna o senhor fizesse uma campanha... porque não se pode admitir que mulheres sejam vendidas como se fossem gado!

– Mas isto é um furo! É admirável! Já estou pronto e completamente solidário!

Sempre a boca risonha, os olhos fixos nela. As mulheres mergulharam no seu silêncio calmo-doce-bem-nascido e Theo a convidou com uma gentileza meio mordaz:

– Vamos ao terraço tratar do assunto? Aqui está um pouco quente, não acha?

Do terraço partiram para o jardim, onde a piscina resplandescia de luzes. Lá adiante ficava a capela colonial, trazida, pedra por pedra, da Bahia.

– Então você quer fazer uma campanha? Você sabe que a minha coluna sai em cinqüenta jornais e quatro estações de televisão, em todo o Brasil?

– Por isso mesmo que eu acho que o senhor... que você é a pessoa... que podia iniciar a minha campanha em favor das mulheres... papuas.

– Mulheres...

– Papuas!

Começava a fazer um vento frio e ele agasalhou-a com intimidade de velho amigo, levando a estola a cobrir-lhe o ombro.

Dorothy não se fez de rogada. Já agora não era uma entre as mil mulheres parecidas que transitavam pelas ruas de São Paulo com suas solidões, suas mechinhas brancas, seus caprichosos penteados e com antipatia geral de irmã para irmã. Tinha diante dela o jornalista mais popular da cidade e não poderia perder aquela estupenda noite.

Se alguém chegasse lá – não, não havia mais ninguém – poderia ouvir Port Moresby primeiro soar livremente, depois vir a ser engolido por um beijo mais suave e voltar à tona: Moresby, Moresby. Em seguida, vir a ser sepultado nos confins de um beijo sem medida. Do lado do homem, aquela curiosidade por uma novata bela como um pêssego, cuja história ele não entedia bem, nem era para entender. Moresby, papuas, cem bois, sacas de café... Será que ela não sabia que não mais estava interessado na sua história? Será que ele, pensava ela, justamente agora, ele estava mais interessado? Port Moresby; ainda não haviam chegado ao Porto. Ela não conseguiu contar tudo, mas tinha certeza de que, de agora em diante, nos braços desse homem, transporia a sua realidade e mandaria para longe todas as suas irmãs anônimas.

Em casa o marido perguntou com uma tonalidade meio triste:

– Por onde você andou, depois do jantar?

– Conversando com o Theo – disse, levantando no ar a escova com que desembaraçava os cabelos. – Ele vai fazer uma ótima reportagem sobre Port Moresby. Aquele assunto que fez você dormir mais depressa!

No dia segunte, experimentou uma certa sensação de culpa: –"Vinte anos de casada!" Depois, começou a procurar para si mesma desculpas e mais desculpas, achando que Jorge cuidava bem mais das máquinas agrícolas do que dela. Parecia incrível, não tinha ficado com o telefone de Theo. Não o encontrou na lista. "Afinal, o que sou dele?" – perguntou-se, já sentindo que participava de direito de uma das colunas mais fabulosas do Brasil. Abafava uma espécie de voz inoportuna que teimaria em subir à consciência se ficasse desocupada. Tomou seu carro. Vadiou pela cidade. Estava tão distraída que fez duas infrações e quase abalroou com uma daquelas mulheres que disputavam com ela cada passagem da grande cidade. Dormiu mal e, no dia seguinte, apanhou com avidez o jornal na mesa de seu marido. Havia, sim, o seu nome, depois de um minucioso relato sobre novas ações na Bolsa de Valores, a moda do *prêt-à-porter* que recomendava casacos iguais aos vestidos, a minuciosa descrição da anfitriã – ela tinha horror a esta palavra – "que estava numa de suas grandes noites". Sobre Port Moresby – nada! Nem no dia seguinte, nem no outro dia, nunca mais Port Moresby, nunca mais! Voltou ao seu carro, às suas voltas pelas ruas paulistas. E em cada sinal de trânsito suas irmãs a inquiriam com um ódio surdo. Suas gêmeas, de perfil duro, anel igual. A direção do carro vai para a esquerda, à direita... nunca mais, Port Moresby, nunca mais.

DINAH SILVEIRA DE QUEIROZ (1911-1982), paulista.
Publicações: romance – *Floradas na serra* (1940), *Margarida la Rocque* (1949), *A muralha* (1999), *Os invasores* (1965) e outros; contos – *A sereia verde* (1938) e *As noites do morro do encanto* (1957); além de livros de crônicas, ficção científica, infanto-juvenis e uma peça teatral.
Prêmio Alcântara Machado (1940), da Academia Paulista de Letras,
Prêmio Machado de Assis (1954) pelo conjunto de obra,
da Academia Brasileira de Letras.
Eleita para a Academia Brasileira de Letras em 1980.

Os mortos não têm desejos*

(Roteiro de uma vida inútil)

Edla van Steen

Para Lenita

1ª SEQÜÊNCIA

Mãos ágeis recolhem pequenos objetos de cima dos móveis; os tapetes são enrolados às pressas e as cadeiras colocadas rente às paredes. A empregada executa a tarefa com a eficácia de quem já passou pela experiência. Às vezes, enxuga, com a manga, a tristeza que teima em escorrer-lhe pelas faces. Principalmente neste momento, em que parou para observar o jardim, como se tivesse acabado de me ver. Ela se distrai com os ruídos rudes dos homens a tirar, das toscas caixas de madeira, os cavaletes de prata, os castiçais altos e o crucifixo.

A família e o caixão não demoram a chegar – ela faz o sinal-da-cruz e volta para a cozinha.

São três horas da tarde de um nublado dia de outono. Fábio penetra no ambiente devastado e senta em frente dos cavaletes vazios.

* Este conto foi publicado posteriormente como "A bela adormecida (Roteiro de uma vida inútil)".

Sensibiliza-se com a sua solidão física, naquele lugar agora estranho, tal estivesse assistindo também à cena e não participando dela. Então percebe que sua figura está sendo refletida no espelho da sala. Dá um suspiro e trata de desviar a atenção para os detalhes da arquitetura. O meu autorretrato, no entanto, é mais atraente? Talvez minha pintura desperte nele lembranças ocultas, pois nem nota Mariana, querida amiga de infância, que pára na porta aberta em par, surpresa com a presença dele. Ali?

2ª SEQÜÊNCIA

Aos poucos a casa e o jardim estão povoados. Fábio arrepende-se de ter vindo? O reencontro de tantos conhecidos, naquela circunstância, é penoso. Confesso que fiquei estupefata de ser ele o primeiro a chegar. Nunca imaginei tanta delicadeza. Agiu sem refletir, porque se o tivesse feito seria a última pessoa a comparecer. Estou comovida com o seu aspecto trágico, tão individual, tão íntegro, tão dentro de si. Beijo-lhe a testa, agradecida. Ele afugenta a suspeita do carinho, interessando-se pelos recém-chegados. Em especial, fixa a governanta que acaba de surgir no portão, trazendo Luís, da escola. Pobre criança, vai completar cinco anos. Ele se espanta de ver tia Miloca chorando. Esta, ao dar com o menino, abraça-o em prantos. Luís empurra minha tia com brutalidade, corre para Matilde e lhe dá a mão. Alemã dura. É toda reprovação pelo comportamento da coitada, que é de outras eras e controla menos os nervos. Tenho dúvidas quanto à reação do menino. As crianças são imprevisíveis. Quem sabe pense que aquela gente toda esteja comemorando algum acontecimento. A governanta leva-o para cima. É sua hora de banho. Fez bem. Um garoto não deve participar dessas coisas.

3ª SEQÜÊNCIA

Mariana e Alice estão recuadas, sob a figueira. Isolaram-se de propósito. Alice conta a visita que fiz ontem, minhas queixas, a insatisfação com as telas e o convite para irmos ao cinema. Um filme de Bergman.

Discutimos muito sobre o cineasta sueco – provavelmente porque ela não queria abordar problemas outros. Receio de que eu a interpelasse sobre o caso com o meu marido? Credo, eu jamais faria isso. Ela nunca se abriu em assuntos pessoais, cuidadosa da impressão exterior de equilíbrio, bom senso e felicidade com Augusto. Permaneci junto delas porque as duas não presenciaram a entrada do caixão. Detesto lances tocantes. Além do mais, seria cruel. Ninguém tem o direito de gozar sua própria morte, nem de inventá-la. Mesmo lendo Machado de Assis. Entretanto, a idéia, apesar da falta de originalidade, é sedutora. Não sou excepcionalmente dotada para negar a tentativa, apenas porque existem modelos anteriores. Nasci, cresci e morri romântica. O que é que eu podia fazer? Mas fui, igualmente, um ser humano que se instigou ao máximo para superar deficiências, obstinadamente. Se não fui a melhor, paciência. Os quadros mostram o meu esforço, o considerável domínio do metiê, a dedicação. Morta, pode ocorrer uma repentina valorização das telas, o que não terá mais a menor importância.

Acompanho minhas amigas. Grupos conversam em voz baixa, reverentes. Curioso, não sei por que certas pessoas vieram: como foi que ficaram sabendo tão cedo?

Ai, meu Deus, Marcos vem entrando. Parece abatido. Naturalmente está cansado dos trâmites para desembaraçar o corpo. Atravessa a varanda indiferente aos gestos de pêsames. Além de Fábio, não vê ninguém. Sabia da minha amizade por ele e nunca o aceitou, o egoísta. Com Alice permitiu-se barbaridades e comigo... eu... Ela baixou o olhar, quando ele passou. Por segundos, vejo meu marido sentimental: está chorando, puxa! Não precisava tanto, obrigada. Sorte que Augusto, esse velho guerreiro, entreteu o amigo no abraço sentido!

Mariana retira-se: também ela pensa no nosso papo de ontem à noite? Foi severa, disse que não agüentava minhas constantes crises, eu que desse um jeito, fosse a um psicanalista, me separasse e, inclusive, arranjasse um emprego. Mariana é dessas mulheres executivas e práticas. Trabalha em propaganda. É louca por livros e discos, uma entendida em música. Quisemos apresentar a ela um maestro, na esperança de que provocasse algum entusiasmo. Qual o quê! Hoje me pergunto se, de nós três, não foi sempre a mais sábia.

Daqui a pouco vai escurecer. Não entendo por que é que não servem café. Incrível, as empregadas não pensam por si, para cumprir as obrigações! Oxalá minha governanta tome a iniciativa. Não disse? A boa Matilde. Procurei-a ontem, antes de... Envelhece a olhos vistos. Em tempo algum admitiu que eu fosse mulher de trinta anos. Para ela, eu persistia a menina que criara e para quem lia contos de fada.

FLASHBACK I

Heloísa, em criança, está deitada com um livro de gravuras de Siegfried no colo.

A governanta acaba de arrumar uma gaveta:

– Vamos tirar essa roupa?

A menina pula da cama e vai até o espelho. Põe uma tiara na cabeça.

– Matilde, o meu príncipe... você acha que eu posso ter um príncipe?

– De novo você pegou as coisas de sua mãe!

– Se não contar, ela não fica sabendo. Onde é que está aquela capa vermelha?

A governanta dá uma risada. Corta.

Imagem mostra, esparramados pelo chão, chapéus, roupas, estolas de pele etc. Governanta e Heloísa, ambas fantasiadas, estão rindo, Matilde diz:

– Então ela casou com o príncipe encantado e tiveram uma filha linda e viveram felizes por muitos anos.

Close da menina, ao espelho, deslumbrada. A fisionomia, aos poucos, entristece. Ela se vira para a governanta e, com ar grave, premedita:

– Não adianta. Eu não vou ter príncipe nenhum. Você é burra.

Fui calhorda ontem. Cobrei dela minha incapacidade de viver. Desculpe, Matilde. Passo as mãos em seus cabelos brancos, mas a minha segunda mãe não recebe o afago, preocupada em recolher as xícaras sujas de café. Em todo caso, para que arrependimentos?

4ª SEQÜÊNCIA

Meu professor de inglês chegou. Não entendo, as notícias se espalham muito rápido!

Sigo Mariana até a sala de jantar, com suas cadeiras de espaldar alto, herança de vovó. A lareira, apagada, aumenta a solidão do ambiente. Ela se dirige para a estante de vidro, dessas que têm portas, e pega o meu velho livro de contos: a última luz do dia entra pelos vitrais coloridos das janelas.

– Deixa eu ver o caixão de vidro?

Mariana, jovem, concorda. O fogo de então coloria as paredes de uma luz alaranjada. Aquelas duas meninas tinham a vida pela frente. E crescer não foi fácil, não é, Mariana?

Sinto alguém a nos espionar. Viro para a porta e dou com Matilde, o rosto molhado de lágrimas. Sou eu que revejo a cena de outrora, Mariana ou ela?

Entro na biblioteca: Marcos está fumando. De que maneira ele se lembra de mim?

FLASHBACK II

Caminho por uma praça deserta. O sol penetra por entre as folhas das árvores e se transforma: quero pegar as estrelas no chão, porém elas se apagam entre os meus dedos.

Um cavaleiro passa a galopar e não me nota. Figura desconhecida de homem encaminha-se para mim e me abraça: tem barba e bigodes ruivos.

5ª SEQÜÊNCIA

Saio para o jardim. As situações incompreensíveis me reduzem a um tamanho tão pequeno. Que raio de memória é esta que, em vez de marcar acontecimentos reais, anotou alucinações?

Fábio está encostado à coluna da varanda. Tem cinqüenta anos e a postura de um padre. Veste calça de veludo e jaqueta de couro. É fotógrafo, este bruxo que quase me encantou com suas poções mágicas. Como é possível que eu tenha vivido toda uma existência acreditando que só no amor eu encontraria a felicidade?...

Às crianças não se devem contar contos de fada, afirmei ontem, exaltada, para a pobre Matilde, que não alcançou minha acusação.

6ª SEQÜÊNCIA

Fábio se dirige para o meu ateliê. Um amigo comum intercepta seus passos. Apertam-se as mãos: a expressão de conivência, de quem diz "eu sei que vocês foram caso", é nojenta. Fábio continua a andar, insensível. Penetra no estúdio e acende a luz, o que, de certa forma, me aborrece. Eu escolheria o clima da escuridão. Ele sonda as possibilidades e senta numa almofada, defronte ao aparelho de som.

FLASHBACK III

Ouve-se Heloísa, enquanto a imagem passeia pelo ateliê e os quadros.

(Voz em off.) – Compreende? Pelas outras telas, que eram melhores, ninguém se interessou. A exposição foi um fracasso. Essa fase, que é inferior, vendeu todinha.

(Fábio vira-se para Heloísa, que trabalha.)

Heloísa – Estou tentando sair disso e não consigo. Não quero mais fazer retratos, mulheres ou cavalos.

Fábio (aproximado-se do quadro) – Mas você está fazendo...

Heloísa – Nada que preste, veja! (Pausa.) O que me daria prazer era pintar uma paisagem. Ir para o campo e ficar sossegada.

Fábio (dando-lhe as costas) – Você não quer pintar a paisagem, quer estar dentro dela.

Heloísa – Tem toda razão. (Joga o pincel.) Questão de destino, horóscopo ou sei lá. Se eu tivesse conhecido você antes de Marcos, por exemplo, talvez... (Os dois trocam olhares.)

Heloísa vem para perto dele. Fixam-se calados e constrangidos. Escurece. Corta.

Pois é, tão desnecessariamente próximos... "Amo como o amor ama." Pessoa querido, quanta poesia. "Quando te vi, amei-te já muito antes. Tornei a achar-te quando te encontrei." Eis o grande equívoco: acreditar em ficção.

Fábio vai até a mesa e recoloca, no lugar, o copo de pincéis, que está caído. Repara na paisagem inacabada. Ha, ha. Que ilustração! Este quadro ia ficar bom, não ia? Homenagem a Gauguin. Busco uma reação nele, qualquer que seja, porém ele me dá apenas aquele maldito ar de tédio. "Amor, diz alguma coisa para que eu te sinta!"

Os mortos não têm desejos.

7ª SEQÜÊNCIA

Aquele cartão sob a escrivaninha... Desconcertei completamente a tal cartomante. Pudera, eu estava tão aflita. Um desconhecido me deu o endereço no supermercado, não pensei duas vezes. Quando dei por mim, aguardava que as mãos enrugadas repartissem o baralho ensebado.

– É muito sensível mas não acredita em nada do que faz. Passado, presente e futuro se misturam, assim como a realidade e a fantasia... Vida e morte vêm juntas...

Quase bati palmas de contentamento. A mulher era um gênio de percepção.

– Posso ver minha morte?

– Bem...

– Que carta é?

– Esta.

– Uma dama.

Por momentos, idealizei a morte em carne e osso me abraçando. O seu abraço era terno e aconchegante. Naquele dia senti a primeira tentação.

– A vida não é mais do que um enorme filme, uma mentira igual a todas as outras. Só algumas seqüências têm lógica, sabe? – a mulher me ouviu assustada.

Que desígnios não teria ela pressagiado!

8ª SEQÜÊNCIA

Volto ao velório. Se Fábio quer continuar no ateliê... Contanto que se cuide: algumas recordações são capazes de ressuscitar cadáveres! Que estou dizendo? Força de expressão. Dizem por aí que nos segundos que antecedem o desfecho final, os seres humanos realizam um retrocesso geral, um longo *flashback*, rememorando os fatos marcantes. Será? Fico realmente danada com a insignificância das minhas lembranças.

Já é noite. Do estúdio, a casa assume o momento que eu mais gosto, o do mistério. Um vulto assoma, contra a luz, na janela do meu quarto. Não preciso saber quem é, a figura me basta.

FLASHBACK IV

Heloísa, outra vez criança, a um canto do jardim. Está escuro. O cenário é banhado por uma luz difusa, de lua. A menina brinca, cantarolando baixinho.

Voz de Heloísa em off – Todo mundo tinha medo das minhas manias. Eu crescia tão sozinha... Se não fossem as doidices, nem sei.

Zoom, enquadrando em close a escultura de pedra que a menina segura: um anão feio e pornográfico.

Menina – Quem sabe um dia destes você se transforma no meu príncipe encantado, que nem aquele sapo horrível que a princesa levou para a cama? (Ri.) Imagem recua e mostra a menina e a construção, soturna, coberta de hera.

9ª SEQÜÊNCIA

Cruzo o gramado com a facilidade de quem voa. O que sussurram esses alegres grupos? Banalidades. Tenho a impressão de que me esqueceram. Ainda assim, sou grata pela companhia. Espio a sala: minha mãe enxuga os olhos inchados; meu pai tira uma soneca, o porte digno, apesar dos oitenta. Um dia, ele desabafou: "Estou exausto de enterrar amigos. Se resistir por muito tempo, não terei ninguém para me levar à sepultura". Duas tias, de preto, murmuram segredos inimagináveis. E Marcos? Na biblioteca. O cinzeiro transborda. Do meu ângulo, a fumaça que sobe por dentro do abajur aceso sai azulada. Há uma atmosfera de filme de terror.

FLASHBACK V

Galeria. Heloísa termina de pendurar o último quadro. Desce da escada desmontável e examina a obra exposta.

Corte para a inauguração. A artista recebe os cumprimentos de praxe, sem euforia. Procura insistentemente alguém.

Alice acerca-se.

Heloísa – Você viu Marcos por aí? Esquisito, ele não veio.

De repente, larga a exposição em meio e pega o carro. Corte.

A casa, às escuras. À medida que a vai percorrendo, acende as lâmpadas. Marcos na biblioteca.

Heloísa aguarda que esvazie o copo, apoiada no batente da porta.

Marcos – Não fui hoje, nem nunca mais. Quer saber por quê? (Levanta-se.) Eu sei que você está louca para perguntar e não tem coragem, não é? (Encarando-a.) Vamos... Desembuche! Certo, aqui tem a verdade: acho a sua pintura uma porcaria. Detesto seus amiguinhos intelectuais e ando cheio de representar o papel de marido da pintora. Odeio essa sua aura de superioridade, essa educação fajuta de colégio de freiras, essas frescuras de gente fina. Além disso, não suporto seus jardins, suas histórias infantis. Contos de fada! Não vou ser nunca o príncipe encantado bicha que você adoraria que eu fosse. Não vou, está entendendo? Não vou.

Close de Heloísa, chorando.

10ª SEQÜÊNCIA

Entro na cozinha. É um lugar fascinante, onde se supõe que tudo pode ser limpo, lavado, refeito. De perto do fogão, ouço a água quente, gostosa, a correr na pia. A empregada, de costas, usando meias brancas três-quartos, não tem idade.

Ah, se minha alma pudesse secar lustrosa de detergente no escorredor de pratos!

FLASHBACK VI

Quarto. Marcos e Heloísa estão na cama. Ela dorme. Ele afaga as costas da mulher. Pretende acordá-la. Sonolenta, permite que se debruce sobre ela.

Heloísa (em close, estática) – Se você não me ama, por que é que me provoca?

11ª SEQÜÊNCIA

Meia-noite. Nada acontece. A circunstância é horrível também para os mortos. E se me espetassem uma agulha no coração? Jorraria sangue. Lá estão Fábio e Mariana, na varanda.

– Você ainda gostava dela?

– Ainda.

– Até quando pensou que ela ia se decidir?

– Até ontem.

Essas coisas me deprimem. Foram tantos os desencontros. O cheiro das plantas me traz uma saudade antiga, não localizada. Vagarei gemendo pelas ruas e ninguém atenderá aos meus lamentos? Onde, amor, você se esconde? Onde?

FLASHBACK VII

Ladeira estreita, por onde sobem Heloísa e Fábio. Casarios velhos. De vez em quando, ela suspeita que uma janela é entreaberta e que alguém espia sorrateiramente, fechando, em seguida, os postigos. De repente, uma porta é escancarada. Ela interrompe o diálogo, apreensiva, mas retoma-o logo depois.

Heloísa – ... a dificuldade de amar consiste, então, na expectativa criada em torno do ser amado, que nem sempre pode corresponder aos anseios das nossas fantasias...

Close de Fábio, atônito.

12ª SEQÜÊNCIA

Meu filho dorme. É um menino encantador. Igualzinho ao pai. De mim, nem o menor traço. Fui uma simples incubadora. Faço votos que descubra motivos para viver – estico o cobertor pela última... – e que a vida lhe seja menos áspera do que foi para mim.

13ª SEQÜÊNCIA

Os velórios de madrugada atingem a dimensão maior da pungência. As velas queimam inflexíveis, há um quê de deterioração nas pessoas, nos móveis, nos objetos. Alice ensaia uma carícia em Marcos, mas suspende o gesto no ar.

– Você não tem senso de conveniência?

– Psiu, não fale desse jeito comigo, meu bem.

– Respeite a morta, sua...

Ela empalidece. Ignora o neurastênico com quem se envolveu.

14ª SEQÜÊNCIA

– Foi longe demais – Mariana diz, oferecendo a Alice um biscoito.

– Não sei o que quer insinuar.

– Ouvi você e Marcos.

– E daí? – fixa agressivamente a amiga.

Mariana sustenta o desafio.

– Nenhum complexo de culpa?

– Louca. Todo mundo sabe que Heloísa tinha problemas. O nosso caso nunca a incomodou, pelo contrário...

– Podia ao menos ter escrúpulos hoje...

Alice fica indignada.

– Quem está falando! E você, curou sua grande paixão por ela?

Mariana fecha o cenho, dolorosamente.

Nossa, e eu que jamais pensei nessa possibilidade!

FLASHBACK VIII

Apartamento de Mariana. Deitada no sofá, Heloísa ouve a Bachiana nº 5 *pela terceira vez. Mariana fita a amiga com ilimitada ternura: é tão linda, nos seus traços nórdicos, os olhos de um azul diáfano, isso é que eles eram, aqueles olhos, diáfanos, e os cabelos finos feito seda – toca os fios de leve, com medo, talvez, de que se dissolvam. No rosto torturado de Heloísa, sente que pode apalpar a tristeza, se quiser. Comovida, ela se inclina mais um pouco. Desiste, em tempo, do beijo que está pronta a dar.*

15ª SEQÜÊNCIA

Mariana, como se quisesse se desvencilhar de alguma coisa, pega a bolsa. Tenho ganas de impedir que se vá, mas Fábio fará isso por mim, eu sei. Parado, lá fora, não deve desejar outra oportunidade: alguém com quem se entreter.

– Ela também foi ver você, ontem?

Mariana confirma, esclarecendo:

– Saímos para dar um passeio de carro pelo Morumbi. Ela estava tensa, naquelas famosas depressões. Aconselhei que fosse a um psicanalista. Sabe o que ela respondeu? "Ninguém tem o direito de se instalar nos segredos dos outros. A alegria e o sofrimento são sempre obscuros e indevassáveis." Pressenti a tragédia. Tentei insistir que fosse de táxi para casa. Dirigia, realmente, sem o menor cuidado.

FLASHBACK IX

Carro a toda velocidade. O dia está amanhecendo. Heloísa não obedece a nenhum dos sinais luminosos. Súbito, escuta o barulho do choque.

Quando recupera os sentidos, um homem ampara sua cabeça nos braços. Tem barba e bigodes ruivos. Já não o vira antes? Aquele duende imprevisto, que enxuga o líquido grosso e quente a escorrer do peito, está examinando Heloísa entre confuso e medroso, absolutamente seduzido, como se tivesse no colo uma feiticeira perversa. Ela pensa dizer "é tarde" mas tem que renunciar ao seu corpo, agora estéril.

SEQÜÊNCIA FINAL

A casa está repleta de novo, nesta manhã luminosa. O enterro não demora a partir. Ando por entre as pessoas, consciente da inutilidade de tudo. Vou dar uma espiada em mim: no caixão de vidro, coberto de flores – por que tenho as mãos amarradas? –, repouso ligeiramente adormecida.

Lá, sob a velha figueira, uma dama translúcida me espera. Daqui a pouco vou acordar e abraçá-la com um sorriso eterno.

De *Até sempre*

EDLA VAN STEEN, catarinense.

Publicações: contos – *Cio* (1965), *Antes do amanhecer* (1977), *Até sempre* (1985), *Cheiro de amor* (1996), *No silêncio das nuvens* (2001), *A ira das águas* (2004) e *Melhores contos Edla van Steen* (2006); romances – *Memórias do medo* (1975), *Corações mordidos* (1983) e *Madrugada* (1992); além de *Viver e escrever 1 e 2*, entrevistas, peças teatrais, infanto-juvenis e livros de arte.

Possui quatro livros publicados nos Estados Unidos.

Prêmio Coelho Neto (1992), da Academia Brasileira de Letras, Prêmio Nacional do Pen Club (1992), Prêmio Alejandro José Cabassa (1992), da União Brasileira de Escritores (UBE), e Prêmio Nestlé (1997), na categoria Autor Consagrado, além de prêmios como dramaturga.

Aida Arouche Magnocavallo

Helena Silveira

São Paulo, 1930

Aida, já no pórtico, beijou a mão de *mère* Agnése, fez uma grandiosa reverência, viu-se com os olhos do espírito, tão distinta a saia azul-marinho pregueada abrindo-se como as varetas de um leque. Foi a última a entrar no ônibus do colégio. Quedou-se entre Judite de Vasconcelos e Dorina Montalvão da Cunha. Todos os assentos estavam ocupados e, mesmo sem volver a cabeça, imaginava que a pequena Souto Vilela estaria ao lado de Maria Carlota Leme de Alcântara. Uma como que atraía a outra! Aliás era natural, cuidou Aida, pertencendo as duas às mais antigas famílias de São Paulo. Nesse instante preciso de seu raciocínio, veio-lhe a voz da governanta, assentada ao fim do carro, vencendo distância:

– Parece que *mademoiselle* Magnocavallo será a última a descer. Sua rua em que bairro fica mesmo, *mademoiselle*?

E a menina a responder com dificuldade, sem voltar a cabeça, um vermelhão subindo-lhe ao rosto:

– No Bom Retiro, *mademoiselle*...

– Como se pode morar tão longe – ciciou a bela Judite, para logo em seguida declarar que, em compensação, ela seria a primeira a descer, pois morava ali mesmo, ao fim da avenida Higienópolis.

– Quase que não precisava tomar o ônibus – aventou Aida, ligeiramente trêmula.

– Mamãe não gosta que eu ande a pé.

Dias passados, as duas meninas haviam sido designadas para colher flores a fim de enfeitar a capela. Aida aproximava-se do canteiro de lírios com uma grande tesoura, quando Judite indagou:

– De que família você é mesmo?

Sem titubear a companheira respondeu:

– Sou dos Arouche de Campinas.

Com leve impertinência a outra redargüiu, deslocando um lírio da haste:

– Pois me parecia que sua gente era italiana.

Com rapidez, quase comendo as palavras, Aida ciciou:

– De um lado apenas...

Sim, aquela tortura de seu nome começara com a matrícula no colégio de freiras francesas. Toda a nobreza agrária paulista lá educava as filhas. Sua própria mãe havia cursado a classe *rouge* e a classe *blanche* e achava que Aida não poderia ter outra educação. No primeiro dia de aula quando a freira da portaria a deixou no pátio de recreio, as outras alunas circundaram-na:

– Pra que classe você vai?

– Não sei ainda, mas acho que é para a *verde*.

– Qual é o seu nome?

Ela respondeu, descuidadamente, e ouvira risos abafados. Julgou, mesmo, ouvir de uma alta espinhenta:

– Gente cafajeste!

Ao princípio não entendeu, mas logo, mercê de conversas e comentários, verificou que a tratavam um pouco como se fora estrangeira.

– Mas meu pai só que é italiano! Minha mãe é brasileira e eu nasci aqui em São Paulo. – As meninas se dispersavam erguendo os ombros e propunham logo jogos de amarelinha, decretando que quem jogava primeiro era Maria Helena, em segundo lugar Eurídice, em terceiro Dorina, em quarto Maria Carlota. Alinhavavam nomes e nomes, deixando-a sempre por último.

Aos poucos Aida foi compreendendo aquelas pequenas e orgulhosas hierarquias, foi achando justo que a relegassem. Quando entraram para sua classe Mafalda Mastrolongo e Karime Abibe, não entendeu logo que, pressupostamente, fossem recebidas com aqueles nomes pelas Bulcão Pousada, Arruda de Albuquerque, Souto Vilela, Leme de Alcântara e toda a banda. Mais tarde, ao fim do dia, quando o ônibus parou ao palacete de Mafalda, na avenida Paulista, começou a entender e, no dia seguinte, entendia por completo ao ver Karime enfiar-se num automóvel lapidado e longo, todo vernizes espelhantes, com dois *chauffeurs* no assento dianteiro e uma corneta acústica onde a menina dava ordens muito enfática, o nariz comprido nascendo do traço espesso das sobrancelhas. Tratava-se de uma outra nobreza a deitar raízes na terra. Essa era uma nobreza de arrojo e de dinheiro, mas pelo luxo que podia ostentar, pelas posições políticas que podia comprar, conseguia um lídimo pé de igualdade com a gente mais antiga. Aida percebia que as freiras pronunciavam Mastrolongo ou Abibe, com a mesma unção com que proferiam Castro do Vale ou Prado D'Altavila. Em casa ouvia o pai comentar com uma pronúncia cantada, as vogais bem abertas, no seu jeito alegre e simplório que as fábricas de Giusepe Mastrolongo faziam-lhe uma renda maior que qualquer dos estados brasileiros, excluindo-se São Paulo, e que Nagib Abibe estava a caminho de alcançá-lo.

Um dia, à hora da sopa, a menina fitando o pai perguntou-lhe à queima-roupa:

– Por que o senhor não dá um jeito de abrasileirar o seu nome?

E fazendo que não via o espanto do pai propôs:

– Qualquer coisa assim, em português, que lembre como parecença Magnocavallo: Carvalho, Carvalhal, Carvalhais... – O pai sorriu, achou que aquela menina tinha cada idéia, mas cada idéia! Empurrava a esposa, mostrando a filha, embevecido – que estava ficando cada dia mais bonita, sim! E só isso não: inteligente, desembaraçada...

Entretanto, nunca se sentira Aida diminuída como naquela tarde no ônibus. Já devia ter-se habituado ao suplício de percorrer bairros chiques, parando diante de grades suntuosas, enquanto as companheiras desciam, convidavam-se umas às outras.

– Então você vem no sábado na hora do lanche, não é?

A ela ninguém convidava. Quem ia convidar Aida Magnocavallo se bem que com aquele Arouche envergonhado no meio? Para cúmulo do desespero, a superiora inventou a história de mandar a governanta acompanhá-las. Quando iam só com o *chauffeur*, a menina apenas dizia que ficava por último, morava longe, só o empregado era conhecedor da sua desdita: morar no Bom Retiro. Contudo, àquela tarde, cuidara adoecer (ao ouvir a indagação da outra e o comentário calmo de Judite). E Judite desceu, em frente à última casa da avenida Higienópolis, uma que tinha dois pequenos torreões ladeando o edifício, dando-lhe uma aparência de castelo francês de gravura. Já ao empurrar o portão, gritou para Maria Antonieta Prado Brandão:

– Amanhã, espero você para brincar, de tardinha.

Aida nem via mais as criaturas. Quando entrava alguma nova aluna no colégio não lhe mirava o rosto, não lhe notava os modos, o falar. Ouvia-lhe, apenas, o nome. O mundo começou a dividir-se-lhe, na imaginação, em Albuquerque, Leme de Alcântara, Prado Silva de um lado e, do outro, separados por barreiras, numa espécie de dependência de empregados, Magnocavallos, Barbettas, Fuscellas, de Grado e mais os de nomes sírios ou poloneses como o daquele rapaz que morava na casa ao lado da sua, estudava violino e tinha olhos azuis.

O rapaz vizinho já era uma outra história. Uma história acumpliciada de suspiros e perplexidades. Chamava-se Isac Werebeiczyk e, evidentemente, era de origem semítica. Foi o responsável por um caderno inteiro que Aida encheu com a elaborada caligrafia do colégio, mais ou menos assim: Aida Arouche de Magnocavallo Werebeiczyk, Aida Arouche Werebeiczyk, Aida Werebeiczyk, madame Werebeiczyk, madame Isac Werebeiczyk, sra. Werebeiczyk, Aida A. M. de Werebeiczyk. Filomena Arouche Magnocavallo e Andrea Magnocavallo – Lisa Wengorski Werebeiczyk e Samuel Werebeiczyk têm o prazer de comunicar a V. Exa. e Excelentíssima Família o contrato de casamento de seus filhos, Aida e Isac. Entretanto, apesar de escrever isso tudo na mais heráldica das letras (as hastes dos *ll* ascendendo como lírios os *uu* de base quadrada, os *aa* ovalados e altos), a mocinha resistia aos olhos azuis, boiando sobre o arco do violino, e à mecha de cabelo inspirada, nadando na testa. Aqueles nomes acabrunhavam-na em demasia e acabrunhava-a o pai de Isac, fulvo nos pêlos do rosto, nas mãos felpudas. Foi por essa altura, entretanto, que viu um filme passado num bairro judeu de Nova York, sendo herói um violinista que, depois de muito penar pela arte, atingia o apogeu da fama e casava com uma Cynthia de Park Avenue cheia de pérolas e cachorrinhos pequineses. Até que a mãe violinista era muito mais vulgar que dona Lisa e o pai bem que valia o velho Samuel. Ao sair da matinê do cine República, vendo o rosto de Isac nos cartazes, sobrepondo-se ao do astro, Aida esbarra nada mais nada menos com Maria Carlota Leme de Alcântara acompanhada de uma *Fraulein* esgalga e silenciosa. Venceu a timidez e a modéstia, encostou-se, confidencial, com a colega, de encontro aos anúncios, e indagou, mostrando com o ombro o artista em três cores, empunhando o violino:

– Se fosse com você, você casava, apesar da gente dele?

Fervorosa, Maria Carlota Leme de Alcântara respondeu:

– Casava. – E entrou num carro longo como o seu pescoço. Aida ficou a vê-la, através dos cristais, tão distinta, meu Deus do céu, tão distinta!

Sim, Aida Arouche Magnocavallo achou jeito de racionalizar o namorado, mas quem escapava a qualquer racionalização era seu próprio pai. Andrea continuava Magnocavallo, o que era indesculpável. E pior do que isso: não conseguia ganhar o dinheiro suficiente para ser perdoado de sua Calábria, da sua falta de etiqueta à mesa, fungando enquanto tomava sopa, e da sua pronúncia com vogais abertas como casas escancaradas em dias de sol.

– Mamãe, por que a senhora casou com Ele? – E aquele "Ele" era evidentemente admoestação de malfeitoria.

– Casei porque gostei dele. Ele é honesto. Ele é bom. Minha gente não queria. Pois eu não me arrependi nunca de ter casado. Você parece que não sabe dar valor a seu pai!

– Preferiria que a senhora tivesse casado com brasileiro.

– Se eu tivesse casado com outro, você não seria você!

A resposta alarmou Aida durante algum tempo: não ter nascido! Não conhecer minestrone nem queijo parmesão. Não ser distinta assim, com seu uniforme: saia azul-marinho, blusa branca... Não dizer: *bonjour, ma Mère! Au revoir, ma mère!* Não conhecer Isac, sobretudo!

Uma tarde foi à casa de Isac.

– Isac, você acha que você dá mesmo para violino?

– Não é que eu dê, Aida. A mãe é que quer que eu estude. História de um tio meu – irmão dela, que era violinista famoso e morreu numa revolução na Polônia com uma granada explodindo no peito. Ela botou em mim o nome de Isac porque era o nome dele. Tem o retrato lá no quarto dela.

Foi buscar. Aida viu um homem de olhos fanáticos e cabelos loiros, os traços esmaecidos na fotografia amarelada.

– Mas você acha que tem vocação?

Isac ergueu os ombros, pegou o violino:

– Que é que quer que eu toque?

Ela pediu a *Reverie* de Schumann. Estava-se fazendo uma cultura musical, para o gasto.

No colégio das Freiras, Aida Arouche Magnocavallo percorreu toda uma escala cromática. Foi *verde*, foi *rosa*, foi *azul*, foi *lisré* (que era uma cor vermelha debruada de listrinhas brancas), foi *violeta*, foi *jaune*, foi *aurore* (que era amarelo debruado de vermelho), foi *branca*, foi *rouge*. Ao fim do curso, guardou seus reminiscentes cadarços coloridos e uma coroa de louros obtida no último ano com uma composição intitulada "A Natureza e os Pássaros". Fez uma última reverência em frente à *Notre Mère*, sorriu para uma fila de Camargos, Bueno Pais,

Prado Silva, Montalvão da Cunha, Leme de Alcântara, com variantes de Cunha Pais e Bueno Prado e Leme Montalvão, e Sampaio Ulhoa, viu a mãe (graças a Deus ela é Arouche! Tem até uma praça com o nome dela!) no primeiro banco. Ignorou o pai. Pegou um canudo com o diploma. Sorriu para a esquerda e para a direita. Sorriu, sorriu, sorriu, automática, já o coração se espremendo de mágoa: não mais iria conviver com a pequena Souto Vilela, nem com Maria Carlota Leme de Alcântara, nem com Mafalda Mastrolongo, Judite de Vasconcelos, Karime Abibe, nem com Eurídice D'Altavila e Nova Friburgo, nem com a francesinha Suzane Deschamps, tão alinhada, magrinha e sempre com dor de garganta dizendo:

– *C'est ma gorge* – numa tênue indicação martirizada. Nem com *mère* Agnése e *mère* Marie Ambrosie e *mère* Chrisostome e *mère* Florence...

Nesse ponto, lágrimas corriam dos olhos de Aida. Ouviu o pai dizer à mãe de Marie Helena de Arruda Coelho Dória:

– Coitadinha de minha filha! Tem um coração que é ver manteiga, mesmo!

E, no Bom Retiro, os dias começam a parecer-se uns com os outros. Café-da-manhã: ela em frente da mãe, que o pai há muito já saíra para a "indústria", como ele chamava à pequena fábrica ridícula... Almoço e jantar diante dos dois: ela não fixando o pai, tentando não ouvir suas palavras, um ódio avolumando-se como onda desesperada dentro do peito. Aos domingos, Isac levava-a a um cinema de bairro, com crianças horríveis e barulhentas "torcendo" nas fitas de desenfreados galopes de cavalos. Logo, principiou a escolher os programas, nos jornais:

– Se tem fita de *cowboy* eu não vou!

A verdade é que não suportava mais a vista de cavalos, fosse na tela, fosse nas ruas. Magnocavallo... Via-se atrelada a carros. Via-se apontada por dedos Albuquerques Camargos, Buenos, Laras, Toledos, Sampaios, Prados, Lemes, Cunhas...

Num mês de julho, Isac foi visitá-la.

– Sabe de uma coisa? Eu resolvi deixar esse raio de violino!

Adeus, sonhos de glória! Adeus salas repletas de uma turba admirativa:

– Aquela é a esposa do grande Wengorsky Werebeiczyk. É a inspiradora, a companheira dedicada...

– Você não volte mais aqui, sabe? Não volte mais aqui, nunca mais!

Abriu a porta aos olhos azuis. Abriu a porta à mecha de cabelo indisciplinada. Abriu a porta ao sobrinho do conspirador polonês que tombara na neve, com o coração arrebentado. E, quando ficou sozinha, desejou que o pai morresse.

Desejou isso meses seguidos, tensa e dramática. Desejou pela manhã e pelas noites. Desejou diante de janelas abertas para o sol ou fechadas para a chuva. Desejou dentro do bairro populoso e pobre. Desejou quando assistiu, escondida atrás de uma coluna da igreja Santa Cecília, ao casamento de Judite de Vasconcelos com Waldo Renato Augusto de Toledo e Lins. Ai, meu Deus! Se ao menos se chamasse da Silva, ou da Costa, como todo mundo!

Negou sua mão a Lorenzo de Luca, a Salim Salem, Romolo de Divinitis. Auscultava o silêncio, pelas noites afora, quando a mãe entrava com o pai no quarto de casal. Tão distinta que é mamãe, meu Deus do céu! Tão distinta! E a imagem do pai corrompia a visão materna e ela fechava os punhos sob as cobertas e chorava.

Entretanto, aqueles ódios, aqueles desesperos, nunca encontraram palavras.

– A bênção, mamãe. A bênção, papai. – Olhava só a mãe. O pai lhe acariciava o rosto.

– Essa menina, quando era pequena, dizia que estava noiva do papai! Acho que é por isso que ela dá o contra, agora, nos namorados!

E ria, o pai, terrível de incompreensão.

Aida esperou que as coisas mudassem quando Andrea Magnocavallo comprou uma casa velha na rua Barão de Tatuí. Aquilo, pelo menos, não era o Bom Retiro. O italiano apurou algum dinheiro com a venda da fábrica, e como por esse tempo começasse a sofrer dos intestinos, foi fazer uma estação de cura em Monte Catini. Embarcou de segunda classe. A mãe foi acompanhá-lo até Santos. Ela ficou espanando os móveis, dando ordens para a única empregada. Assistia-se a si própria, vestida de azul-marinho, que sempre foi cor de gente elegante, caminhando do aparador da sala ao pequeno saguão, entre poeira raiada de luz, como nos quadros dos predestinados, e de repente, nem sabe quando, pôs-se a ver o navio em que viajava o pai a afundar. Parou a limpeza, sustentando o espanador tal como se fosse um ramo. A empregada perguntou, levantando por trás do sofá a cabeça atada por um lenço, a dar-lhe feição de coelho:

– A senhora está sentindo alguma coisa?

Como poderia responder que estava vendo o pai afogar-se e, o pior, lia a noticia nos jornais, e o nome dele, ali entre os sinistrados de segunda classe? Todos leriam, não só ela. Viu a mãe de Maria Carlota lendo, viu as freiras, a voz da Madre-Prefeita, comentando: *Cette pauvre petite qui a perdu son père! C'etait un brave homme, il me semble!* – como se se tratasse de um carvoeiro...

E, naquela ausência demorada, dia após dia, seu pensamento matava o pai. Via-o imprensado num vagão de estrada de ferro ou embaixo das rodas de um carro. Via-o adoecendo, chamando a família, de uma cidade italiana qualquer. Elas embarcavam, às pressas, mas não tanto que não desse tempo para telefonar para uma das colegas e meio sem jeito dizer: sabe? Embarco para a Europa amanhã... Matou Andrea Magnocavallo de todos os feitios: por acidente e por moléstia e, quando receberam o telegrama comunicando seu embarque, em Genova, ela susteve a respiração, olhou a mãe, atônita, e pôs-se a chorar, meio convulsa, misturando riso com lágrimas.

– Você pode ter um gênio esquisito, mas você gosta de seu pai, Aida!

Quando o pai chegou, só de vê-lo, a moça soube logo que ele ia morrer. Tinha uma cor terrosa, emagrecera, o nariz se afilara e adquiriu um jeito bondoso de entornar um pouco a cabeça, na conversa. Mentalmente ela fez planos, fria, alinhavando cifras. Viu-se com a mãe, mudando de casa e de nome. Mirou seu cartãozinho de visitas, tarjado de negro: Aida Arouche. Entretanto, a doença do pai se prolongou, comeu-lhe dias e noites, tantos dias e tantas noites que, quando ele se foi, de verdade, dois sulcos fundos punham entre parênteses a boca da filha e, ao redor dos olhos, a pele murchara, como pétala de rosa que seca na haste. E com o rosto, e com o corpo, parece que se lhe mudava a alma. Ao voltar da missa de sétimo dia, sentiu que a mocidade se lhe acabara, irremediável; lembrou da face do pai, de sua voz de vogais tão abertas e de sua mão, dos últimos tempos, quando acenava para visitas, "que estava um pouquinho melhor, um pouquinho melhor, obrigado...".

Então Aida começou a viver dobrada sobre si mesma, num remorso constante. Começou a freqüentar igrejas, a rezar muito, a encomendar missas pela alma do pai, a invocá-lo a todo momento, ativa e febricitantemente, o coração espremido de ternura. Enquanto lhe restaram pequenos vestígios de mocidade, virava o rosto aos homens na rua. Um belo dia, percebeu que não voltava mais o rosto porque os homens não mais a miravam. Persuadiu a mãe de que devia transformar a casa em pensão. Ela própria providenciou tudo: compra de móveis, pequenas reformas internas. E mandou fazer uma tabuleta de fundo verde com letras brancas:

PENSÃO MAGNOCAVALLO
ESTRITAMENTE FAMILIAR

HELENA SILVEIRA (1911-1984), paulista.
Publicações: contos – *A humilde espera* (1943) e *Mulheres, freqüentemente* (1954); *Geografia do nada* (1960), *Na selva de São Paulo* (1968) e *Memória da terra assassinada* (1970); além de livros de crônicas e peças de teatro.
Prêmio Alcântara Machado, da Academia Paulista de Letras, e Prêmio Afonso Arinos (1954), da Academia Brasileira de Letras.

Lucas, Naim

Hilda Hilst

Tento recordar, reconsidero eu corpo palavra, um ramalhete cerdoso aqui por dentro, eu corpo palavra, sangue emoção sufixo, coisas que fazem parte do corpo da palavra, reconsidero um ajustar-me ao todo e a tudo, não tinha esta cara, eu Lucas tinha outra, corpo e palavra se refazem, tu não és mais o mesmo, tu Lucas, as palavras também adquiriram surpreendentes significados, por exemplo velhice era coisa de longe, de vazio, aderência de outro não de mim, bochechas magras, franzimentos, um acorpar-se de névoa e de suspiros, velhice hoje é perto e adequada a mim, estou aqui trançado, velhice Lucas, reconsidero a cara e tudo o mais diante do espelho, sou eu Lucas ainda, meio amarelo, e neste instante acorrentado à loba, dizer isso acorrentado à loba pode parecer uma pastosa complexidade, úmida também, acorrentado à loba velho úmido pastoso, lobapaixão colada a mim, estamos pensando, é isso, pensar não parecia tão difícil, costumava pensar com propriedade, dissertava depois, discursava até, aos poucos chegava a singulares conclusões, eu Lucas modelo intemporal nem presente nem passado, posso ser este e outro, posso não ter sido e ser sempre, ainda complexidades, mas há modelos que se expressam com muito mais trançados do que eu: "o indivíduo tem uma extensão considerável no tempo e negligenciável no espaço". Isso disseram. Costumava pensar sobre esta frase, desfiava esquema emparedava corolários, pensava, tentando chegar ao primeiro degrau indivíduo, o que é um indivíduo? Compacto, eu mesmo, Lucas, indivíduo. Se eu colocasse diante dele, de Naim, esse bolo de cordas ele andaria até a janela, ereto, lento, como sempre faz quando não compreende o que lhe digo, vinte e cinco, Naim, soberbo, grave, mudo, quase sempre, me olhando. Hoje devo dizer a ele desse impermissivo agudo intolerável aqui por dentro, ajustar a seus olhos paixão e velhice, pontiagudos opostos, duas lentes, uma vermelha lustrosa alongada e brilhante, inchando o mundo, sereia, magenta à tua volta, me tocas e toda opacidade do mundo é prata e passível de idéia, posso reformular unha e falange, pêlos e pobrezas, voltar a ser esplêndido-humano, único, aquele pensando pela primeira cabeça, duas lentes Naim, da segunda falo menos, ou não? Penso baço menos, ou não? Estendo-me ainda no vermelho, tingido, escorrendo. Da segunda, dessa cinza parda, distância que agora se fez colada a mim, sei e não sei espessura da lente, algumas manhãs lente baça e grata, estão ali as coisas? As gentes? Há livros por aqui? O senhor me conhece? Sua filha? Ah perdão, sua mãe é? Antes não havia ali uma praça? Pequeno desconforto, riso cascateado por dentro, estou bem muito bem, que me importa filhas, praças, livros agora se já estou dentro deles, coisa que já sou, gente que fui, ah isso Naim, fui gente, como tu mesmo, esticado longe, um nariz que cheirava tudo à sua frente, um belo nariz muitíssimo delicado, e boca cheia de dentes e olhos que sabiam de Lucas, já sabiam desse Lucas de agora, e uma garganta que se fosse a mesma te diria: te amo como as begônias tarântulas amam seus congêneres, como as serpentes se amam enroscadas lentas, algumas muito verdes outras escuras, a cruz na testa lerdas prenhes, dessa agudez que me rodeia, te amo ainda que isso te fulmine ou que um soco na minha cara me faça menos osso e mais verdade, diria garganta espaçosa e viril, avalanche de sopros, santas palavras, Naim. Eu fosco neste instante escolhendo algumas, palavra-semente sobre a mesa, muitas, pondo de lado esta pela extrema redondez, paixão, perfeição evidente mas chocante, paixão esta de lado, eu dentro dela mas me verás ao largo, digo tocando as órbitas cerradas

alguma coisa em mim, deseja alguma coisa que não sei

Vai até a janela ereto, lento, não deveria ir porque o trançado desta frase não é o mesmo trançado de outra rede, eu não disse: Naim, "o indivíduo tem uma extensão considerável no tempo e negligenciável no espaço", nem disse "*Apes vos non vobis mellificatis*", que quer dizer, Naim: o mel que vós produzireis, abelhas, não será para vós, e talvez fosse adequado incorporar Virgílio no nosso diálogo, homem-abelha-Naim existindo porque Lucas existe, mel porque para mim, ninguém mais te verá armadilha dourada tão precisa, tão bem colocada, porque sou eu quem te vê e ninguém mais-eu, não outro tão eu como eu mesmo, meu corpo, coeso com as coisas ou não, este tempo seria o de reflexão, de morte também, porque ainda que eu não esteja totalmente morto, estou à morte há muitos anos, desde que resolvi olhar o que existia além, o descarnado de mim, ir lá adiante onde os outros paralisados aqui, suspeitam apenas que há um pavoroso mais adiante, e indo mais adiante a pergunta inflou poderosa: há Deus na morte? Aquele que é o Novo Substancial Vida Primeira em Si Mesma, contém em Si a morte? Perguntando-me isso estou substancialmente morto, emoções, o fardo do meu corpo se desfaz, não sou eu mais, ou sou mais Lucas, mas não ligado às possíveis gentes, a tudo vivo animal vegetal, e mesmo a pedra no seu corpóreo turbilhonado, turbilhão que não vemos, está mais próxima daquele todo vida, do que eu. Então como posso estando morto, articular ingenuidades e como quem vai beber água te dizer: aconteceu que não imagino mais meu existir sem te ver a meu lado. Então não digo. Então repenso muitas maneiras de dizer, formas coerentes com o morto que há em mim, repenso mas não encontro, me fazer em palavra, retomar o castigo de cândidas vogais Amo Amo, fingir que não sei o que tu és, o que eu mesmo sou, o que tu és, Naim vinte e cinco, soberbo, grave, mudo quase sempre, me olhando. Soberbo de quê? De aparências, tua cabeça cabelos, soberbo mais eu, que sei de todos os atalhos, grave de quê, Naim? Grave mais eu, que sei como te levar a reais gravidades, em poucas horas posso esmagar em ti soberba e gravidade e te fazer não mais olhar a janela mas saltar por ela. Ato que posso, anulo, pactuo incoerência, digo

umas coisas acontecem e mesmo pensando muito não se sabe a fonte quê?

a fonte dessas coisas que acontecem

Continua mudo mas voltou-se, breve como quem espia quem vai entrar pela porta, presença insuficiente em importância porque a paisagem de fora continua sendo o que olha, o de fora nos olha, cinza pardo como eu, cara no firmamento, perfil, também olho e digo o que se diz quando há no céu uma cara parece uma cara

é, parece

um duplo perfil, olhe

Três caras, tua minha e a cara desse morto que parece estática, cara que possuo, enorme, tomando o peito e o abdômen, morto sem cabeça agora porque desiste de meditar no que já sabe. Se meditasse, o morto Lucas não te tocaria o ombro.

o que foi? Hem, Lucas?

Morto sem cabeça faria melhor te sacudir também pelos ombros, ajoelhar-me, e partindo objeto e suplicante ousar balbucios ou prólogos pequenos, comedidos, ainda ajoelhado reconstruir meu corpo para o teu olho, estender as mãos até a tua cintura e confessar amor vazio de astúcias, ou didático somar vogais e consoantes numa espiral de gelo, Lucas glacial

se você está vendo que é um duplo perfil, está?

sim. Colados.

Hiperdialético construíste um vetor, mas se eu fizer disso uma evidência, se rascunhar para o teu olho cego porque jovem, que tu mesmo, Naim, me levas até o lago onde bóiam estufadas as palavras de amor, negarás intenção e ambigüidade, disse colados diante do que se via, disse colados, Lucas, como mil outros diriam diante do que se via, não houve o desconforto de opções e supostos, claro que assim não me dirias, com essa exata arquitetura de palavras, gaguejante, rosado, três murmúrios muito frágeis e depois um agressivo unívoco, então não digo hiperdialético construís um vetor, nem rascunho para ti a linha azulada do caminho que nos levaria ao lago, continuo como se não soubesse do teu fosso de dentes pronto para me triturar, verdade que me queres? Colados, não é, Naim? Perfis colados, mornura carne afim apenas de um só lado, não estão frente a frente, não estamos, não posso mensurar veemência e intensidade de ti mesmo se não nos colocarmos frente a frente, propositada acalmia do teu perfil vago, e ainda espectador recuo para a margem do fosso, depois medroso, medo de que o fundo seja nada

viu, Naim, desmancharam-se agora

hem?

os perfis desmancharam-se

um no outro

Começaste um galope, disseste colados, um no outro, e continuas incoagulável frente à janela, se te vissem de fora, as gentes, não te vêem, último andar desse tão alto, se te vissem de fora diriam talvez, alguém diria, que te pareces a um colecionador de marfins, marfim tu mesmo eu diria se te visse de fora, que és feito de uma carne sem tempo, estás aí e tudo o que dizemos te convence de uma sobrecarga de inefável, mentes para ti mesmo soletrando um recoser de frases. Por que não dizes que também eu estou em ti colado, que estamos um no outro há muitos meses, que te envergonhas de um sentir muito sentiente, juntura que te parece desabusada? E retomando velhice, pensando eternidade, também eu galopo, por que não morrer? Por que não atravessar o grande rio, ou dele fazer parte, ser água e barqueiro, mas viva ferida na pretensa austeridade de sempre do teu peito? Porque não morrer, se há muito me sei tão morto porque vivo em ti tão impotente, corroído de prenhez e de desejo, não me envergonho de usar prenhez em mim, virilidade também comporta preciosa redondez, tua alma na minha cabeça, no ventre, teu espírito baço mas amálgama do meu, e tão desejado, não era o que eu pretendia na velhice, amar um outro homem, inarticulado usar a palavra como uma velha espada, corte-cego, sem fio, ferrugem sobre a prata, não, eu não queria, e vou dizê-lo

sabe, Naim, eu não queria

o quê? que os perfis se desmanchassem?

um no outro, eu não queria, que um só se desmanchasse sim, para nitidez do outro

pobre Lucas. Ainda usando geléia de morango nas palavras? Podes comer sozinho essa torrada.

Vamos comê-la juntos. E enquanto me aproximo do teu rosto cinco ou seis passos, o passado explode, jorra dentro da sala por um imenso buraco, revejo teus dissimulados toques, uma lascívia escura, um remendo rugoso inaceitável para a tua brilhosa juventude, remendo rugoso, gozo grosseiro desculpável em ti porque há velhice em mim, e amor na velhice para o teu ser cego é espetáculo imundo e risível, ainda que eu seja honrado, e quase ilustre e fundamentalmente viril, velho-Lucas-viril, sugado para um vórtice de carne, perguntando-se a cada madrugada que luz é que vê na tua tola e tosca quase adolescência, luz de carne, isso, e um invisível, feito de mim mesmo, sobreponho em ti meus longos resultados, penso que és um, soberbo Naim, belo, mais minhas dores, mais meu estofamento álmico, meu esticado tenso, e uma dupla torção, vida e conhecimento. Te imagino tu-eu. E és apenas vinte e cinco, mas vinte e cinco rasos, de tibiez, camada cremosa e milimétrica de pequeninos neurônios ativados, e para que percebas caminho mais dois passos, Lucas caminha, o outro sorri, mudo, e pela grande janela de onde há pouco se viram dois perfis, uma cara, pela grande janela, ágil, Lucas se atira.

HILDA HILST (1930-2004), paulista.

Publicações: poesia – *Presságio* (1950), *Balada de Alzira* (1953), *Balada do festival* (1955), *Roteiro do silêncio* (1959), *Trovas de muito amor para um amado senhor* (1959), *Ode fragmentária* (1961), *Sete cantos do poeta para o anjo* (1962), *Poesia* (1967), *Júbilo, memória, noviciado da paixão* (1974), *Da morte. Odes mínimas* (1980), *Cantares de perda e predileção* (1980), *Poemas malditos, gozosos e devotos* (1984), *Sobre a tua grande face* (1986), *Amavisse* (1989), *Alcoólicas* (1990), *Bufólicas* (1992), *Do desejo* (1992), *Cantares do sem nome e de partidas* (1995) e *Do amor* (1999); prosa – *Fluxo-floema* (1970), *Qadós* (1973), *Ficções* (1977), *Tu não te moves de ti* (1980), *A obscena senhora D* (1982), *Com meus olhos de cão e outras novelas* (1986), *O caderno rosa de Lory Lambi* (1990), *Contos d'escárnio/Textos grotescos* (1990), *Cartas de um sedutor* (1991), *Rutilo nada* (1993) e *Estar sendo ter sido* (1997); além de livros de crônicas e de teatro.

Prêmio Pen Club (1962).

A sra. Büchern em Lebenswald

Judith Grossmann

Ninguém em Lebenswald sabia ao certo quem era a sra. Büchern. De onde viera. Como viera. Por que viera. A sra. Büchern peregrinava desde a junventude em expiação dos seus pecados. Não estivera em Buchenwald. Mas não escapara de Lebenswald. Ali estava. Viera com pouca bagagem, alguns livros, uns poucos objetos de adorno. Instalara-se num pequeno apartamento que procurava transformar num prodígio de beleza. A janela da sala dava para o mar, onde havia sempre um navio branco que à noite explodia em luzes rosadas, azuis, amarelas. Sobre uma mesinha de ferro batido, havia sempre uma única rosa vermelha numa garrafa verde, um castiçal de ágata azul, uma pesada chave, um cinzeiro de vidro grosso circundado por um aro de metal. A sra. Büchern guardava seus livros num caixote de pinho tampado sobre o qual havia uma vitrola e uma pilha de discos. Comia pouco a sra. Büchern. Alimentava-se quase que exclusivamente de frutas e de chá. Era vegetariana por motivos práticos – o odor de bife empestaria o ambiente. Sobre um pires de vidro azul, a sra. Büchern tinha sempre passas, confeitos, nozes, mas essas coisas eram exclusivamente para os seus convidados. Como parte de sua expiação, a sra. Büchern não comia delicadezas. A sra. Büchern não trabalhava. Ninguém sabia de onde vinham seus meios de subsistência, e embora vivendo parcamente, era óbvio que os possuía, pois sempre tinha de pagar aluguel, a lavadeira, as frutas, o chá e as rosas.

Os vizinhos eram os que mais se intrigavam com a sra. Büchern. Com a idade da sra. Büchern, pois a sra. Büchern não tinha idade. Certos dias parecia radiosa, farfalhante, esplendente como uma menina, certos dias parecia cinzenta, medrosa, curvada como uma anciã. Com o passado da sra. Büchern, pois a sra. Büchern não tinha passado. Falava-se, no entanto, do retrato de uma certa criança que às vezes aparecia sobre o tampo de vidro da mesinha e às vezes desaparecia. Com o humor da sra. Büchern, pois a sra. Büchern não tinha humor certo. Ora a todos cumprimentava com um sorriso que era um beijo, ora a todos virava o rosto. Com a aparência da sra. Büchern, pois era das mais inconstantes. Ora aparecia elegantíssima, os cabelos castanhos impecavelmente arrumados, as compridas unhas esmaltadas, ora a viam quase andrajosa, os cabelos desfeitos, as unhas roídas. A Sra. Büchern era um enigma no prédio, mas como enigma a respeitavam. Já que ela não se definia, era impraticável que se definissem a seu respeito, e assim a deixavam em paz.

Tanto respeitavam a sra. Büchern que respeitavam o rapazinho, magro, alto, com ar de pássaro assustado, que vinha visitá-la diariamente. Aos toques de campainha convencionados, pois só para ele abriria ela a porta, ela se despenhava para recebê-lo. Riam muito e ela lhe passava as mãos nos cabelos, pois era justamente disso que ele precisava. Ele devorava suas "nutrições", como as chamava, encontradas no pires azul, e ficavam juntos até de madrugada. Em um mês já haviam conversado várias eternidades. Só a ele, quase um menino, a sra. Büchern elegera para confiar suas experiências passadas. Às vezes era terrível demais para o rapazinho. Ele estremecia, crispava-se de horror, mas compreendia, sem necessidade de explicação, por que a sra. Büchern lhe contava aquelas coisas e por que o escolhera para repositório. Na verdade, a sra. Büchern, também como parte de sua expiação, ocupava-se da iniciação do jovem sábio de Lebenswald. O rapazinho era o único homem morto em Lebenswald. Todos os outros estavam vivos, vivinhos, freneticamente imersos em suas vidinhas, suas coisinhas, seus assuntinhos, seus planinhos, seus assaltinhos.

O rapazinho era o único morto e por isso era tão triste. Amava a vida, gostaria de estar vivo, mas reconhecia que era impossível. Mas por isso mesmo podia contemplar de longe a vida, amá-la mais que todos e sussurrá-la nos ouvidos melodiosos de todos. A sra. Büchern foi a primeira a reconhecer isso que todos reconhecerão mais tarde e ocupava-se da iniciação dele com toda a dedicação e fidelidade. O rapazinho fora criado por pais que não souberam reconhecer imediatamente sua natimortividade e por isso o tempo todo ainda mais a exacerbaram. Os professores não reconheceram isso, e também seus condiscípulos não reconheceram, de modo que, no início, ele ficava cada vez mais irreconhecido. Ah! Se não fora a sra. Büchern, que seria do natimorto de Lebenswald? Mas também que seria da sra. Büchern se não fora o natimorto? Ficaria ela sem atividade, sem função. Por isso foi ela definitivamente repudiada pelo rapazinho no dia em que nela reconheceu o mais legítimo comparsa de sua natimortividade. E tendo sido crucificado por todos, pais, professores, condiscípulos, ele implacavelmente crucificou a sra. Büchern, que ali estava para isso, para que ele dali pudesse sair ressuscitado.

Estando cumprida sua missão, a sra. Büchern preparava-se para deixar Lebenswald em busca de um posto mais avançado, em prosseguimento de sua expiação, quando, numa manhã lépida e cheia de brisa, adequadamente cinzenta, compreendeu, numa determinada esquina, num determinado cruzamento de rua, que tinha o asfalto ainda úmido do orvalho da noite, que lhe cumpriria ainda fazer algo em Lebenswald. À sua frente estava um jovem, os longos cabelos de mel e seda, os olhos acetinados, dois topázios, sóis naquela manhã cor de chumbo, que lhe sorria e implorava. A sra. Büchern não teve a menor dúvida quanto ao acontecimento, sorriu de volta e aquiesceu. Ficaria mais um pouco.

Pronta para a sua segunda missão, a sra. Büchern preparou-se com esmero para a iniciação do santo de Lebenswald. A primeira noite foi passada em claro, pois o jovem não cessava de falar, querendo dar-lhe, naquele primeiro dia, o relato completo. O que era perfeitamente inútil, pois a sra. Büchern já sabia de tudo. Pois a sra. Büchern de tudo sabia sem que nada precisassem dizer-lhe. A sra. Büchern tomou-lhe as mãos e deixou que ele se dissolvesse em palavras. No entanto, nem isso foi suficiente, pois, no final, ele solicitou um Equanil, substância que ela nem sequer conhecia, quanto mais tê-la em casa.

A sra. Büchern, ao que parece, confiava imoderadamente em seus próprios recursos. O rapazinho lhe contou de como era filho de judeus e de como todo esse judaísmo o incomodava. De como, aos cinco anos, ficava a contemplar a babá no seu banho, o qual tomavam juntos, deitando-se depois na cama dela, para a complementação da higiene. De como sua mãe não deixava nunca que se sujasse quando era menino. De como fora incentivado a ser esperto, a ludibriar, desenvolvendo desde então náusea pelo processo, a qual quase o impedia de sobreviver. De como, às cinco horas da tarde, ia caminhando de volta do colégio para casa, as lágrimas a escorrer pela face, de medo de que seus benfeitores pais houvessem fugido dele. De como todas as mulheres eram prostitutas. De como o enfarava o seu trabalho, sem outro objetivo que o ganho material. De como, até o momento, ainda procurava ajudar seus riquíssimos benfeitores pais, que nunca o haviam ajudado, em sua dívida de gratidão pelos bons ensinamentos que lhe haviam transmitido. De como nada que ele lhes proporcionava ainda lhes parecia bastante e de como se sentia culpado de havê-los deixado em uma outra cidade, em busca de melhores possibilidades de ajudá-los. De como seus amigos lhe faziam propostas. De como o incomodava sua própria beleza. De como o incomodava sua própria sensibilidade, fazendo com que ele a negasse e tentasse substituí-la por alguma espécie de brutalidade, o que evidentemente não conseguia, fazendo com que se sentisse ainda mais mutilado. De como se envergonhava de tudo, de todos, de ficar nu, de sua própria voz, do que dizia, de seus pés, de sua transpiração. E de como se envergonhava de que estivessem todos vivos, e de que também ele, em conivência, estivesse também vivo, sendo essa a maior de suas vergonhas.

A sra. Büchern teve então confirmado aquilo que desde o início soubera, que era o rapazinho o único homem vivo em Lebenswald. Todos os outros estavam mortos, mortinhos, inexpugnavelmente, submersos em suas mortezinhas diárias, seus tumulozinhos familiares, suas mortalhinhas de indumentárias, seus ataudezinhos de quatro rodinhas, suas cadeirinhas de quatro perninhas, suas mesinhas de quatro ladinhos. O rapazinho era o único vivo e por isso era tão triste. Amava a morte, gostaria de estar morto, mas reconhecia que era impossível. Mas por isso podia contemplar de longe a morte, amá-la mais que todos e soprá-la nos ouvidos encerados de todos. Era este o destino do jovenzinho de Lebenswald – soprar esqueléticas palavras nos ouvidos encerados de todos. A sra. Büchern não tergiversou e, embora fosse a segunda missão ainda mais difícil que a primeira, moderar aquela explosão de sol, sangue, nervos, vida, para tornar o rapazinho mais apto a sobreviver naquele labirinto mortuário, ela não se deteve. Tendo de transformar o sorriso externo na contrição dos lábios da alma, tendo de tirar um pouco do brilho dos olhos e do ouro dos cabelos, a sra. Büchern teve também de morrer várias vezes por dentro para levar a bom termo sua missão. E, nesta tarefa, a da contínua ordenação do rapaz, ocupou-se a sra. Büchern por meses e meses, compondo, por fim, a máscara que lhe estraçalhou o coração.

Percebendo tal ocorrência, de que com o seu também se estraçalhava o coração da sra. Büchern, compreendeu ele, num relance, ser ela o mais legítimo cúmplice de sua vitalidade, não hesitando assim em imolá-la com a maior rapidez possível. E havendo sido imolado pela empregada, pela mãe, pelo pai e pela oceânica multidão que o cercava, tal prática adquirira na execução de tal tarefa que isso não lhe tomou mais do que alguns segundos. E tento imolado a sra. Büchern, que para isso ali estava, ele dali saiu mais morto do que vivo para todo o sempre.

Não teve dessa vez a sra. Büchern qualquer dúvida em emalar e sair de Lebenswald. Na verdade não poderia haver mais qualquer possibilidade de permanência, pois já se ocupara dos dois mais importantes moradores de Lebenswald. E, afora os dois mais importantes moradores, que haveria mais? E, embora Lebenswald disso ainda não soubesse, no devido tempo certamente haveria de saber.

JUDITH GROSSMANN, carioca.

Publicações: contos – *O meio da pedra: nonas estórias genéticas* (1970) e *A noite estrelada: estórias do ínterim* (1977); romances – *Cantos delituosos: romance* (1985) e *Meu amigo Marcel Proust: romance* (1995); além de livros de ensaio e poesia.

Curriculum vitae

Julieta de Godoy Ladeira

Nome, local de nascimento, escolaridade. Por que não grau de instrução? Cursos primário, ginasial, preparatórios. A procura do primeiro emprego. Querem que tenha prática, experiência. Ninguém diz onde adquiri-las. Entre o ginásio e o preparatório há paralelos, serviços não registrados na carteira de trabalho; aulas particulares, escritórios de pequenas indústrias (antigas máquinas de escrever, tacos soltos no chão, ausência de tapetes, estreitas janelas, paredes com manchas de umidade), salários pagos com atraso, sanduíches comidos no banheiro, mas isso não é preciso mencionar. Como há seis anos entre o nascimento, numa casa geminada de Vila Mariana (parto difícil assistido pela mulher do farmacêutico), e o início do curso primário, saia pesada, meias brancas, sapatos comprados numa liquidação, na rua Boa Vista, depois de uma tarde exaustiva em que, puxada pela mãe, entrara em várias lojas, soubera muitos preços. Esse tempo será assimilado pelas datas, os nomes das companhias onde esteve, os cargos ocupados. Como se não importasse, como se nunca tivesse existido.

Uma criança vestida de verde, lancheira a tiracolo, tentará percorrer toda a ficha a ser preenchida. Fugindo do colégio, atravessará novamente, como há muitos anos, a rua Domingos de Moraes e se refugiará atrás dos arbustos do largo Ana Rosa para não ser vista pela mãe que a deixara pouco antes diante do portão de ferro e fora fazer compras na mercearia, do outro lado da avenida.

À noite, depois do castigo, custará a dormir, chorará de medo e de vergonha, mas essa criatura que sentia repulsa pela classe, o quadro negro, a professora que cheirava a mofo e a incenso, a ordem estabelecida por gritos estridentes, as meninas que, como larvas silenciosas e obedientes, atravessavam, em fila por um, corredores, prateleiras, bichos empalhados, vidros de laboratório, gravuras com garotos indo atrás da bola, campos de esporte cobertos por grama rala e queimada, nada pode acrescentar à figura que deve ser apresentada à firma onde pretende trabalhar. Imagem de vitral, partida. Ficará, como todas as outras que em diferentes idades se libertaram por instantes, com suas cores, o vermelho, o verde, o ouro. O azul de Chartres iluminado por um sol de primavera, entre os pedaços de vidro, em branco, que preenchem os vazios nos vitrais por bombardeios. O que foi quebrado não se verá mais. Ninguém pode reconstituir. Apenas os vidros de procedência ignorada, semelhantes a todos os outros, a vidros de basculantes de enfermarias ou de janelas de trens, devem ser expostos como valores, com seus rótulos, credenciais, números de fabricação, datas em que foram colocados, na ficha que a secretária deixou há pouco sobre a mesa.

Mãe brasileira, pai italiano. Profissões? Ele, vendedor de tabaco na ladeira General Carneiro, dono de bar em Vila Formosa, loja de tecidos em Taubaté; corretor de imóveis, interessado em fábrica de sapatos, em indústria de confecções, em oficina mecânica. Processos judiciais. Estelionato, dívidas, falência. Escreve apenas: *comerciante.*

Ela, *prendas domésticas.* A mãe. A Virgem e a criança. Claridade de muitas velas e todas as suas sombras. A casa, as torres. A mulher com a menina nos joelhos, num banco do Jardim da Luz. Num vitral do século XII. Turíbulos, o Espírito Santo, trombetas tocadas por centenas de anjos de grandes asas cruzadas. Há horas em que os vidros em branco recebem, indiretamente, reflexos dos outros, adquirindo tênue colorido. Ela. A que fica em casa, vai à quitanda, ao açougue. Põe a mesa, tira-a, sacode a toalha, lava os pratos, enxuga a pia. Ouve rádio, faz tricô, conversa, tem amigas, queixas, dores nas costas, nos braços, uma pontada, precisa de dinheiro para o leite, o pão, a garrafa de vinagre, o gás. Ele sai sem deixar a nota esperada sobre a cômoda da sala. A menina vai tomar o trem antes das seis, espera o ônibus na praça da Concórdia, o estudo fica para mais tarde, depois do expediente. Catorze anos. "Uma criança. Não sabe fazer nada. Vão abusar." "Se você tivesse emprego certo isso não precisava acontecer." A menina sabe que aconteceria. E acha bom. Prefere vê-lo de chinelos, a camisa para fora da calça, fazendo pequenos serviços no bairro, do que sabê-lo trancado oito horas junto a caldeiras, ou colando embalagens de farinha, ou colocando esquadrias num décimo sexto andar. Ele é o que tem coisas para contar, vê quando as tardes estão bonitas, ouve os pássaros, toma vinho. Está vivo.

1958 – O patrão, de cabelos brancos, mãos crivadas de manchas escuras e veias salientes, chama-a e diz que vai aproveitar melhor sua letra bonita, o jeito que tem para desenhar. "Copie estas assinaturas. Não tenha pressa. Olhe bem como são. Ocupe a mesa daquela sala vazia, atrás da Contabilidade. Lá ficará sossegada para trabalhar. Não fale desse serviço a ninguém. Nem aqui, nem em casa." Passa a copiar todos os dias as assinaturas nos papéis timbrados que recebe. Para quê, como serão utilizadas? No fim do mês, além do salário, ganha uma gratificação num pequeno envelope. Isso ajuda bastante. E adquire prática, as cópias saem cada vez melhores. O patrão tem fábrica no interior, escritório na rua Três de Dezembro, banco no largo da Misericórdia, para onde é transferida. Os encanamentos estão quebrados, não mandam consertá-los, quando chove a água inunda o subsolo onde fica. Protege os pés da umidade colocando-os sobre um caixote vazio. Os operários da fábrica fazem greve por falta de pagamento, passam várias vezes pelo banco, pelo escritório, carregam faixas, cantam em surdina. Vê os rostos das mulheres, aqueles olhos incendiados dos homens. Suas vozes a revolvem, centenas de tambores soam no interior de seu peito, de seus braços, de sua carne. As lojas descem as portas, no banco ordenam que fiquem em silêncio, longe de portas e janelas. O patrão desce, aproxima-se de sua mesa, sem uma palavra abre as gavetas, retira todos os papéis, os já assinados, os que estão para assinar, rasga-os, leva os pedaços para cima.

Nada conta aos pais. Abandona o emprego. Sente a falta dos colegas, a sentirá sempre ao deixar um emprego, e os irá substituindo, tantos rostos, um rosto. Continua a sair à mesma hora, compra jornais, recorta anúncios. Datilógrafa, faturista, auxiliar de contabilidade. Vendedor(as). Recepcionista. Secretária. Quinze anos. Mas esse, um dos vidros quebrados, não deve constar do *curriculum* atual.

1962 – Secretária da gerência de uma indústria de cosméticos. Taquígrafa em inglês e português: A cada fim de mês há a despesa de rotina, dinheiro para a mãe, tudo o mais para o resgate de promissórias. Tentara segurar o pai em casa oferecendo-lhe participação na fábrica de confecções. Sabia como desejava isso, falava com os amigos até altas horas, fazia planos, contas, passava sábados e domingos discutindo o mesmo assunto. Afirmavam, com certeza, que no máximo em três meses o negócio estaria prosperando e saldariam as dívidas. Fez o empréstimo. O pai ganhou dinheiro, comprou carro, perdeu-o, não pagava as prestações. Passado o entusiasmo do início, deixou de aparecer no trabalho, os sócios o afastaram, saiu magoado e devendo a muita gente. "Você é a culpada minha filha. Não devia ter posto dinheiro naquela arapuca. Agora o que é que eu vou fazer?" Viaja para Santa Catarina e não volta. As lamentações da mãe se agravam. E suas necessidades, seus temores. Procurava substituir o pai dando-lhe coisas para a casa, e perfumes, vestidos, até mesmo jóias, recebidos com desdém: "Para que gastar dinheiro comigo? Só atrapalho. Por você decerto eu já estaria morta e enterrada". O gerente pede que chegue às sete horas da manhã para um serviço extraordinário. Dorme no sofá para não fazer barulho, sai sem tomar café. O gerente aparece às nove, transferiu o compromisso, não se lembrou de avisar. Segura o bloco, puxa a cadeira para apanhar o ditado. Começa a aprender. Precisa se impor, levantar a cabeça. Entretanto, o pavor maior da mãe é que seja despedida, fique sem emprego. Acha que deve se submeter, chegar na hora, ficar depois do expediente.

1965 – Secretária executiva em indústria de produtos alimentícios. O homem é louro, moço, pode vê-lo diversas vezes por dia através do vidro de sua sala. Almoçam juntos na cidade. Há o garçom velho, surdo, o piano, brioches, um ambiente de passado e de paz. Conversam sobre o trabalho, clientes, colegas de serviço. Livros. Planos. Filmes. "E nós, e tudo isto?" "É preciso tempo, paciência. Minha mãe tem que se habituar com a idéia de meu casamento. Não é fácil para ela. Você compreende."

1968 – Aproveitando a experiência adquirida nessa indústria, torna-se contato, numa agência de Propaganda, de uma conta de produtos similares. Receitas, calorias, mais saúde para seus filhos, os médicos recomendam, a revista terá cento e quarenta mil exemplares, a autorização não foi entregue, o redator esqueceu de colocar manteiga na lista de ingredientes, proteínas, cartazes de trinta e duas folhas, testes, modelos com maus dentes, precisamos do fotolito hoje, vôo duzentos e trinta e quatro, saindo de Detroit, deve chegar a Congonhas às três e meia da tarde, às quatro e quarenta da tarde visitará a fábrica. Depois virá para cá. O jantar será após a reunião, às oito e quarenta e cinco da noite. A senhora não terá tempo de mudar de roupa. Os *charts* estão prontos. Telefonaram do Departamento de Produtos, querem saber se o comercial de gelatina irá para o ar ainda esta noite. O pessoal está com medo. Dizem que o homem modificará muita coisa. Foi fuzileiro, só fala espanhol, não entende de propaganda, vamos ter problemas. A senhora irá à reunião de marketing? Pode marcar. A partir de abril, atenção para este novo caderno especial. Amanhã às oito e meia da manhã o que é que a senhora acha? Está bem.

Às onze e quarenta da manhã chega em casa, tira os sapatos, estira-se na cama sem coragem para se despir. Pela madrugada toma um banho mas não dorme senão pouco tempo, tensa, os nervos doloridos. À hora do café, com ar aborrecido, os olhos pisados, a mãe coloca sobre a mesa o pão, no papel em que o comprou, no dia anterior. Sabe que já não adianta pedir que o esquente, que use a cesta e uma toalha. Somente quando a vê pegar a bolsa e caminhar para a porta a mãe quebra o silêncio. "Isso não é hora de entrar em casa. O que é que os vizinhos vão dizer?" "Eu estava trabalhando." "A filha da Nilde também trabalha e não chega a essa hora. Não vê como sua mãe se sacrifica por você, fechada aqui, sem distrações? Ainda se pudesse receber alguém, mas com estes móveis gastos e neste fim de mundo."

1970 – Em outra Agência. Torna-se Chefe de Grupo de uma indústria de tecidos. O presidente usa o blusão de *baseball* da equipe de Harvard, mas é preciso ter paciência. Não muita, mas alguma. Eles gostam de respostas um tanto malcriadas, desconfiam das pessoas que não sorriem de todas as pilhérias. Aprenderam que essas pessoas merecem respeito. Não as apreciam, não as querem por perto, mas sentem certo prazer em provocá-las, em ver até onde são capazes de ir, depois pedem desculpas pensando na maneira mais passiva de afastá-las. Reuniões são marcadas às seis e meia da tarde, às dez da noite, às três da madrugada, às onze horas de sábado, às duas de domingo. Para nada. A jornalista entra na sala com o lápis, a pasta. "O que a senhora acha da carreira publicitária?"

Aluga novo apartamento, compra um carro, paga as dívidas, coloca poltronas de estilo na sala, a reprodução de uma caçada numa das paredes: cavaleiros, plumas, clarins, pagens que seguram redes e forquilhas, cães impacientes perseguem, entre salgueiros e álamos, uma lebre já cansada. A mãe não tira pó dos móveis nem do quadro, deixa o sol bater em cheio no tapete, a casa perece, as empregadas não param, cria diversos gatos no quintal a quem se queixa da filha e dos vizinhos.

Agora é um homem de quarenta anos, desquitado, tem dois filhos. Quando podem tomam chá depois do expediente em locais diversos mas sempre parecidos. Pequeno abajur sobre a mesa, lâmpada fraca, música em freqüência modulada. Conversam: o trabalho, os clientes, os colegas de serviço. Ele mostra boletins dos filhos, transmite preocupações com sarampos e provas parciais, ela guarda os monólogos com os gatos, não os narra, são uma angústia muito funda e pessoal. Ele é a trégua. O que ilumina. Legenda de Santo Eustáquio, as árvores e os frutos. "Quando?" "Não sei. Minha mãe não anda boa. Parece que desconfia. Vai criar obstáculos, sofrer. Quer que me case no civil e no religioso. Não se conformará." "E então?" "Vou preparar o terreno, convencê-la aos poucos." "E eu?"

1972 – É a mulher que chega cedo, antes dos outros. Enxerga o que ninguém vê. Distribui o trabalho, ordena, chama, dita, resolve. Quando passa entre as mesas as vozes tornam-se mais baixas, a um seu olhar cessam todas as conversas. Está gasta. Sente o mundo pequeno, as pessoas áridas. Já nenhuma campainha é aguardada com ansiedade. Poucas vezes, ao telefone, torna-se menos dura, mas nem a voz que recebe, nem a que responde são como eram à hora do chá, diante das mesas mal iluminadas. Ele fala de outra cidade. Sobre clientes, colegas de serviço, livros, filmes, estados de saúde. Conta dos filmes. Faz perguntas, ouvindo-a dizer o que geralmente já conhece: "Minha mãe está numa fase muito difícil. Imagina-se perseguida, há dias em que não quer que eu saia para trabalhar. Diz que a abandono de propósito. Não cozinha mais e não quer empregadas, quando chego em casa torno a sair para comprar alguma coisa. Desculpa-se, chorosa: não preciso de nada, já devo muito a você, que é que custa passar fome? Descobri que em minha ausência come açúcar e bombons". Por hábito, ele indaga ainda: "Quando então?". Quase no mesmo tom de voz com que manda bater um relatório, ela responde: "Espere mais um pouco". "Os sentimentos sem definição, sem futuro, apodrecem." Quantas vezes o escutara dizer isso? Em quantas praças, em quantos bares, cafés, restaurantes, salas de espera de teatros e cinemas, alamedas sombreadas, locais onde paravam o carro e ficavam conversando? Respondera sempre sem calor e sem certeza, tirando um dos brincos, abrindo seu fecho entre os dedos, tornando a colocá-lo: "Não os nossos, você vai ver".

1973 – Organiza para a firma uma Convenção Nacional de Vendedores, no Rio de Janeiro. Telefonam ao hotel pedindo que volte imediatamente. Do aeroporto vai para o hospital, encontra o corpo na capela.

Ataque cardíaco. Percebe que durante toda a vida a mãe fora a corrente, o laço, o muro, e agora morta apresenta aquela expressão que sempre teve mas somente assim, estática, aparece de fato. Um meio sorriso irônico. "Eu subjuguei. Eu tive." Cheiro de mofo e de incenso no trabalho, em casa, em sua fraqueza, sua virgindade, sua espera. Bichos empalhados, filas por um. O pai a abraça na missa de sétimo dia: "Sua mãe foi uma santa mulher".

Já não existe a casa de chá onde estiveram tantas vezes, com bancos de encostos altos, mapas antigos nas paredes. Atravessa a rua, continua andando. O centro – rua Sete de Abril, praça da República, avenida Ipiranga –, seu trajeto de todos os dias, o único sinal de vida próxima, conhecida, que pode ajudar. Lanchonete. Balcão de alumínio, bancos de fórmica. Pede hambúrguer, suco de laranja. Mastiga devagar. Não tem mais pressa. Está só.

1975 – Deixa a firma para viajar, mudar de ambiente. Tira tudo das gavetas, rasga cartas e endereços, deixa o porta-lápis, leva o cinzeiro, o peso para papéis, o *office boy* carrega até o carro pastas e dicionários. Retira os quadros das paredes. A sala torna-se fria e impessoal para receber a pessoa que virá com cinzeiros, porta-lápis, pesos para papéis, pastas e dicionários. Afasta-se do coquetel de despedida ouvindo ainda as palavras que vicejaram em sua vida como pragas numa água parada: *posicionamento, veiculação, planos de medida, urgência, criatividade, décimo terceiro, distribuição de verba, o cliente quer, o cliente manda, maiores vendas, maiores lucros,* desejamos que aproveite bastante e não nos esqueça, mande notícias.

1976 – Olha para a ficha onde enumerou quatro empregos. Data de entrada, de saída, nome das firmas por extenso, cargos ocupados, pessoas que podem dar informações. Último salário pretendido. Endereço. Número da carteira de trabalho. Marido, filhos: um traço. Dependentes: um traço. Dependera de muitos, de quase tudo, principalmente dela, a mãe. Seu humor, seu conceito, suas mágoas e poucas alegrias. Do peso de seu afeto. Mas dependera, acima de tudo, de decisões dissolvidas em promessas abstratas. Se alguém ainda perguntasse "Quando?" continuaria a responder "Mais tarde". E durante algum tempo eles dependeriam de suas palavras, seus gestos, e viveriam, levando oferendas a deuses mortos. Parecidas, ambas. Onde, com quem começaria a chorar a sua solidão, a espalhar o monólogo de suas queixas em quantos quintais, com que gatos, com que cães? Perguntaram por que deixou o último emprego. Para a resposta há duas linhas pontilhadas. Espaço muito pequeno para os bonés de Yale, os blusões de Harvard, ex-tenente da Segunda Guerra, ex-padioleiros, ex-dançarinos de tango dos cabarés de Las Vegas, os senhores presidentes, os diretores das divisões internacionais e seu coro: "Eu subjuguei. Eu tive".

Diversas fichas como essa preenchidas na última quinzena. Uma presença inoportuna. "Precisamos de pessoa com menos prática." Exatamente o oposto do que ouvira quando adolescente: "Sem experiência não podemos contratá-la". Adquiriu-a. Agora como apagar tantos anos de memorandos, de circulares, de filés com batatas devoradas às pressas, feijoadas às quartas-feiras, cabeleireiros aos sábados, óculos de lentes cada vez mais fortes, domingos lavando blusas, costurando bainhas, pregando colchetes, depilando o rosto, e o cansaço de todas as noites depois do jantar; espera de aumentos, promoções; expectativa de mudanças, chefes sucessivos que só lêem manchetes de jornal. Como não perceber de muito longe um argumento falso, uma exigência vã, um negócio ilícito proposto em forma de grande promoção de fundo popular? E as cartas que demitem antigos funcionários que sentam-se para ouvir os motivos dessa decisão, a hora das frases forjadas durante a madrugada, o banho, o trajeto para o escritório, o rosto que empalidece, digno, as perguntas hesitantes que se formam sem que uma só resposta possa ter qualquer sentido. "A senhora acha que isso é justo?" "Minha opinião não vem ao caso. É uma medida administrativa."

Um emprego, mais um emprego, a mesma erva vicejando novamente por meu corpo? Amassa a ficha preenchida, levanta-se, chama o elevador. A recepcionista ergue os olhos, intrigada. Desce antes que faça perguntas. Senta-se no carro, dá a partida, quer se distanciar desses musgos e tábuas, águas contaminadas, raízes ocultas, linfas silenciosas e obedientes. Atravessar alguma rua, como há tantos anos, e encontrar arbustos como os do largo Ana Rosa, que escondam e protejam de corredores, laços, muros, recuos, vidros de laboratório, portões de ferro, ordem estabelecida por clipes, relógios, arquivos, cheques, grampeadores, máquinas, homens estridentes.

JULIETA DE GODOY LADEIRA (1932-1997), paulista.
Publicações: contos – *Passe as férias em Nassau* (1962), *Dia de matar o patrão* (1978) e *Era sempre feriado nacional* (1984); romance – *Entre lobo e cão* (1971); além de livros infantis e relato de viagens.
Prêmio Jabuti (1962), da Câmara Brasileira do Livro.

As formigas

Lygia Fagundes Telles

Quando minha prima e eu descemos do táxi já era quase noite. Ficamos imóveis diante do velho sobrado de janelas ovaladas, iguais a dois olhos tristes, um deles vazado por uma pedrada. Descansei a mala no chão e apertei o braço da prima.

– É sinistro.

Ela me impeliu na direção da porta. Tínhamos outra escolha? Nenhuma pensão nas redondezas oferecia um preço melhor a duas pobres estudantes, com liberdade de usar o fogareiro no quarto, a dona nos avisara por telefone que podíamos fazer refeições ligeiras com a condição de não provocar incêndio. Subimos a escada velhíssima, cheirando a creolina.

– Pelo menos não vi sinal de barata – disse minha prima.

A dona era uma velha balofa, de peruca mais negra do que a asa da graúna. Vestia um desbotado pijama de seda japonesa e tinha as unhas aduncas recobertas por uma crosta de esmalte vermelho-escuro descascado nas pontas encardidas. Acendeu um charutinho.

– É você que estuda Medicina? – perguntou soprando a fumaça na minha direção.

– Estudo Direito. Medicina é ela.

A mulher nos examinou com indiferença. Devia estar pensando em outra coisa quando soltou uma baforada tão densa que precisei desviar a cara. A saleta era escura, atulhada de móveis velhos, desparelhados. No sofá de palhinha furada no assento, duas almofadas que pareciam ter sido feitas com os restos de um antigo vestido, os bordados salpicados de vidrilho.

– Vou mostrar o quarto, fica no sótão – disse ela em meio a um acesso de tosse. Fez um sinal para que a seguíssemos. – O inquilino antes de vocês também estudava Medicina, tinha um caixotinho de ossos que esqueceu aqui, estava sempre mexendo neles.

Minha prima voltou-se.

– Um caixote de ossos?

A mulher não respondeu, concentrada no esforço de subir a estreita escada de caracol que ia dar no quarto. Acendeu a luz. O quarto não podia ser menor, com o teto em declive tão acentuado que nesse trecho teríamos que entrar de gatinhas. Duas camas, dois armários e uma cadeira de palhinha pintada de dourado. No ângulo onde o teto quase se encontrava com o assoalho, estava um caixotinho coberto com um pedaço de plástico. Minha prima largou a mala e, pondo-se de joelhos, puxou o caixotinho pela alça de corda. Levantou o plástico. Parecia fascinada.

– Mas que ossos tão miudinhos! São de criança?

– Ele disse que eram de adulto. De um anão.

– De um anão? É mesmo, a gente vê que já estão formados... Mas que maravilha, é raro à beça esqueleto de anão. E tão limpo, olha aí – admirou-se ela. Trouxe na ponta dos dedos um pequeno crânio de uma brancura de cal. – Tão perfeito, todos os dentinhos!

– Eu ia jogar tudo no lixo, mas se você se interessa pode ficar com ele. O banheiro é aqui ao lado, só vocês é que vão usar, tenho o meu lá embaixo. Banho quente, extra. Telefone, também. Café das sete às nove, deixo a mesa posta na cozinha com a garrafa térmica, fechem bem a garrafa – recomendou coçando a cabeça. A peruca se deslocou ligeiramente. Soltou uma baforada final: – Não deixem a porta aberta senão meu gato foge.

Ficamos nos olhando e rindo enquanto ouvíamos o barulho dos seus chinelos de salto na escada. E a tosse encatarrada.

Esvaziei a mala, dependurei a blusa amarrotada num cabide que enfiei num vão da veneziana, prendi na parede, com durex, uma gravura de Grassmann e sentei meu urso de pelúcia em cima do travesseiro. Fiquei vendo minha prima subir na cadeira, desatarraxar a lâmpada fraquíssima que pendia de um fio solitário no meio do teto e no lugar atarraxar uma lâmpada de duzentas velas que tirou da sacola. O quarto ficou mais alegre. Em compensação, agora a gente podia ver que a roupa de cama não era tão alva assim, alva era a pequena tíbia que ela tirou de dentro do caixotinho. Examinou-a. Tirou uma vértebra e olhou pelo buraco tão reduzido como o aro de um anel. Guardou-as com a delicadeza com que se amontoam ovos numa caixa.

– Um anão. Raríssimo, entende? E acho que não falta nenhum ossinho, vou trazer as ligaduras, quero ver se no fim da semana começo a montar ele.

Abrimos uma lata de sardinha que comemos com pão, minha prima tinha sempre alguma lata escondida, costumava estudar até a madrugada e depois fazia sua ceia. Quando acabou o pão, abriu um pacote de bolacha Maria.

– De onde vem esse cheiro? – perguntei farejando. Fui até o caixotinho, voltei, cheirei o assoalho. – Você não está sentindo um cheiro meio ardido?

– É de bolor. A casa inteira cheira assim – ela disse. E puxou o caixotinho para debaixo da cama.

No sonho, um anão louro de colete xadrez e cabelo repartido no meio entrou no quarto fumando charuto. Sentou-se na cama da minha prima, cruzou as perninhas e ali ficou muito sério, vendo-a dormir. Eu quis gritar, tem um anão no quarto!, mas acordei antes. A luz estava acesa. Ajoelhada no chão, ainda vestida, minha prima olhava fixamente algum ponto do assoalho.

– Que é que você está fazendo aí? – perguntei.

– Essas formigas. Apareceram de repente, já enturmadas. Tão decididas, está vendo?

Levantei e dei com as formigas pequenas e ruivas que entravam em trilha espessa pela fresta debaixo da porta, atravessavam o quarto, subiam pela parede do caixotinho de ossos e desembocavam lá dentro, disciplinadas como um exército em marcha exemplar.

– São milhares, nunca vi tanta formiga assim. E não tem trilha de volta, só de ida – estranhei.

– Só de ida.

Contei-lhe meu pesadelo com o anão sentado em sua cama.

– Está debaixo dela – disse minha prima e puxou para fora o caixotinho. Levantou o plástico. – Preto de formiga! Me dá o vidro de álcool.

– Deve ter sobrado alguma coisa aí nesses ossos e elas descobriram, formiga descobre tudo. Se eu fosse você, levava isso lá pra fora.

– Mas os ossos estão completamente limpos, eu já disse. Não ficou nem um fiapo de cartilagem, limpíssimos. Queria saber o que essas bandidas vêm fuçar aqui.

Respingou fartamente o álcool em todo o caixote. Em seguida, calçou os sapatos e, como uma equilibrista andando no fio de arame, foi pisando firme, um pé diante do outro na trilha de formigas. Foi e voltou duas vezes. Apagou o cigarro. Puxou a cadeira. E ficou olhando dentro do caixotinho.

– Esquisito. Muito esquisito.

– O quê?

– Me lembro que botei o crânio em cima da pilha, me lembro que até calcei ele com as omoplatas para não rolar. E agora ele está aí no chão do caixote, com uma omoplata de cada lado. Por acaso você mexeu aqui?

– Deus me livre, tenho nojo de osso! Ainda mais de anão.

Ela cobriu o caixotinho com o plástico, empurrou-o com o pé e levou o fogareiro para a mesa, era a hora do seu chá. No chão, a trilha de formigas mortas era agora uma fita escura que encolheu. Uma formiguinha que escapou da matança passou perto do meu pé, já ia esmagá-la quando vi que levava as mãos à cabeça, como uma pessoa desesperada. Deixei-a sumir numa fresta do assoalho.

Voltei a sonhar aflitivamente, mas dessa vez foi o antigo pesadelo com os exames, o professor fazendo uma pergunta atrás da outra e eu muda diante do único ponto que não tinha estudado. Às seis horas o despertador disparou veementemente. Travei a campainha. Minha prima dormia com a cabeça coberta. No banheiro, olhei com atenção para as paredes, para o chão de cimento, à procura delas. Não vi nenhuma. Voltei pisando na ponta dos pés e então entreabri as folhas da veneziana. O cheiro suspeito da noite tinha desaparecido. Olhei para o chão: desaparecera também a trilha do exército massacrado. Espiei debaixo da cama e não vi o menor movimento de formigas no caixotinho coberto.

Quando cheguei por volta das sete da noite, minha prima já estava no quarto. Achei-a tão abatida que carreguei no sal da omelete, tinha a pressão baixa. Comemos num silêncio voraz. Então me lembrei.

– E as formigas?

– Até agora, nenhuma.

– Você varreu as mortas?

Ela ficou me olhando.

– Não varri nada, estava exausta. Não foi você que varreu?

– Eu?! Quando acordei, não tinha nem sinal de formigas nesse chão, estava certa que antes de deitar você juntou tudo... Mas, então, quem?!

Ela apertou os olhos estrábicos, ficava estrábica quando se preocupava.

– Muito esquisito mesmo. Esquisitíssimo.

Fui buscar o tablete de chocolate e perto da porta senti de novo o cheiro, mas seria bolor? Não me parecia um cheiro assim inocente, quis chamar a atenção da minha prima para esse aspecto, mas ela estava tão deprimida que achei melhor ficar quieta. Espargi água-de-colônia Flor de Maçã por todo o quarto (e se ele cheirasse como um pomar?) e fui deitar cedo. Tive o segundo tipo de sonho, que competia nas repetições com o tal sonho da prova oral, nele eu marcava encontro com dois namorados ao mesmo tempo. E no mesmo lugar. Chegava o primeiro e minha aflição era levá-lo embora dali antes que chegasse o segundo. O segundo, desta vez, era o anão. Quando só restou o oco de silêncio e sombra, a voz da minha prima me fisgou e me trouxe para a superfície. Abri os olhos com esforço. Ela estava sentada na beira da minha cama, de pijama e completamente estrábica.

– Elas voltaram.

– Quem?

– As formigas. Só atacam de noite, antes da madrugada. Estão todas aí de novo.

A trilha da véspera, intensa, fechada, seguia o antigo percurso da porta até o caixotinho de ossos por onde subia na mesma formação até desformigar lá dentro. Sem caminho de volta.

– E os ossos?

Ela se enrolou no cobertor, estava tremendo.

– Aí é que está o mistério. Aconteceu uma coisa, não entendo mais nada! Acordei pra fazer pipi, devia ser umas três horas. Na volta, senti que no quarto tinha *algo* mais, está me entendendo? Olhei pro chão e vi a fila dura de formigas, você se lembra? Não tinha nenhuma quando chegamos. Fui ver o caixotinho, todas se trançando lá dentro, lógico, mas não foi isso o que quase me fez cair pra trás, tem uma coisa mais grave: é que os ossos estão mesmo mudando de posição, eu já desconfiava mas agora estou certa, pouco a pouco eles estão... Estão se organizando.

– Como, se organizando?

Ela ficou pensativa. Comecei a tremer de frio, peguei uma ponta do seu cobertor. Cobri meu urso com o lençol.

– Você lembra, o crânio entre as omoplatas, não deixei ele assim. Agora é a coluna vertebral que já está quase formada, uma vértebra atrás da outra, cada ossinho tomando o seu lugar, alguém do ramo está montando o esqueleto, mais um pouco e... Venha ver!

– Credo, não quero ver nada. Estão colando o anão, é isso?

Ficamos olhando a trilha rapidíssima, tão apertada que nela não caberia sequer um grão de poeira. Pulei-a com o maior cuidado quando fui esquentar o chá. Uma formiguinha desgarrada (a mesma daquela noite?) sacudia a cabeça entre as mãos. Comecei a rir e tanto que, se o chão não estivesse ocupado, rolaria por ali de tanto rir. Dormimos juntas na minha cama. Ela dormia ainda quando saí para a primeira aula. No chão, nem sombra de formiga, mortas e vivas desapareciam com a luz do dia.

Voltei tarde essa noite, um colega tinha se casado e teve festa. Vim animada, com vontade de cantar, passei da conta. Só na escada é que me lembrei: o anão. Minha prima arrastara a mesa para a porta e estudava com o bule fumegando no fogareiro.

– Hoje não vou dormir, quero ficar de vigia – ela avisou.

O assoalho ainda estava limpo. Me abracei ao urso.

– Estou com medo.

Ela foi buscar uma pílula para atenuar minha ressaca, me fez engolir a pílula com um gole de chá e ajudou a me despir.

– Fico vigiando, pode dormir sossegada. Por enquanto não apareceu nenhuma, não está na hora delas, é daqui a pouco que começa. Examinei com a lupa debaixo da porta. Sabe que não consigo descobrir de onde brotam?

Tombei na cama, acho que nem respondi. No topo da escada o anão me agarrou pelos pulsos e rodopiou comigo até o quarto, Acorda, acorda! Demorei para reconhecer minha prima, que me segurava pelos cotovelos. Estava lívida. E vesga.

– Voltaram – ela disse.

Apertei entre as mãos a cabeça dolorida.

– Estão aí?

Ela falava num tom miúdo, como se uma formiguinha falasse com sua voz.

– Acabei dormindo em cima da mesa, estava exausta. Quando acordei, a trilha já estava em plena movimentação. Então fui ver o caixotinho, aconteceu o que eu esperava...

– O que foi? Fala depressa, o que foi?

Ela firmou o olhar oblíquo no caixotinho debaixo da cama.

– Estão mesmo montando ele. E rapidamente, entende? O esqueleto já está inteiro, só falta o fêmur. E os ossinhos da mão esquerda, fazem isso num instante. Vamos embora daqui.

– Você está falando sério?

– Vamos embora, já arrumei as malas.

A mesa estava limpa e vazios os armários escancarados.

– Mas sair assim, de madrugada? Podemos sair assim?

– Imediatamente, melhor não esperar que a bruxa acorde. Vamos, levanta!

– E para onde a gente vai?

– Não interessa, depois a gente vê. Vamos, vista isto, temos que sair antes que o anão fique pronto.

Olhei de longe a trilha: nunca elas me pareceram tão rápidas. Calcei os sapatos, descolei a gravura da parede, enfiei o urso no bolso da japona e fomos arrastando as malas pelas escadas, mais intenso o cheiro que vinha do quarto, deixamos a porta aberta. Foi o gato que miou comprido ou foi um grito?

No céu, as últimas estrelas já empalideciam. Quando encarei a casa, só a janela vazada nos via, o outro olho era penumbra.

LYGIA FAGUNDES TELLES, paulista.

Publicações: contos – *Praia viva* (1944), *O cacto vermelho* (1949), *Histórias do desencontro* (1958), *Histórias escolhidas* (1964), *O jardim selvagem* (1965), *Antes do baile verde* (1970), *Seminário dos ratos* (1977), *Filhos pródigos* (1978), *Mistérios* (1981), *A estrutura da bolha de sabão* (1991), *Melhores contos Lygia Fagundes Telles* (1982), *A noite escura e mais eu* (1995), *Meus contos preferidos* (2004), *Histórias de mistério* (2004) e *Meus contos esquecidos* (2005); romances – *Ciranda de pedra* (1954), *Verão no aquário* (1973) e *Horas nuas* (1989); além de volumes de fragmentos e memórias.

Ganhou os mais importantes prêmios da literatura brasileira, entre os quais o Prêmio Afonso Arinos (1949), da Academia Brasileira de Letras, o Prêmio Jabuti em 1965 e 1973, da Câmara Brasileira do Livro, o Prêmio Semaine Internationale de La Femme-Cannes (1969), o Prêmio II Bienal Nestlé de Literatura, o Golfinho de Ouro, o Prêmio Fundação Bünge (2005) e o Prêmio Camões (2005), de Portugal, pelo conjunto de sua obra.

Membro da Academia Brasileira de Letras, da Academia Paulista de Letras e do Pen Club do Brasil.

Relatório final

Márcia Denser

"Recordo só um dia que talvez nunca me foi destinado, era um dia incessante, sem origem. 30/12/1977."

Assim eu pretendo começar a contar a história toda como uma espécie de relatório dos fatos ocorridos no dia e na noite de 30 de dezembro de 1977 e talvez lhes dê o nome de antevéspera, pois foi a palavra que me ocorreu quando atravessava a praça naquela manhã, pensando que o melhor da festa é sempre a sua antevéspera e que havia lido algum conto com esse nome e que o fim de ano prometia muito mais na antevéspera, dia 30. Consolo-me, unicamente, por saber que esta vai ser a abertura do meu livro e que não será o final de coisa alguma, um ano, talvez, quando então eu já começava a morrer num carrossel que iniciou a girar em meados de 1976 e deu a sua última volta precisamente no dia 30 de dezembro de 1977, às onze horas da noite e alguns minutos, no poço escuro de outra praça a quinhentos metros desta e jamais poderia adivinhar, a menos que as coisas ainda não estivessem suficientemente claras para uma criatura inconsciente como eu, naquela manhã do dia 30, como um automóvel promovendo a última arrancada antes da reta final, que, possivelmente, fosse o abismo, não havendo nenhum prêmio para o vencedor, salvo este saltasse a tempo. Eu fiquei. Mas as coisas não são tão simples. Posso até dizer o momento que ambos caímos, ou ele caiu, não posso precisar, quem quis realmente ficar fui eu, ele não teve escolha – é uma questão mecânica, física, matemática. Quanto a mim, equação indisposta, era por mero acaso que me encontrava lá dentro e por mero acaso agora estou catando esses cacos, tentando recompor as peças desse quebra-cabeças chamado literatura, esse jogo sujo com o qual tento abafar meu grito anterior, tapando os ouvidos e gritando junto, botando compressas sobre a ferida enorme aberta sem piedade ou contemplação, nadando nesse mar de restos, emergindo às vezes para respirar mais merda sob a noite da praça, um poço escuro sem nenhuma atmosfera. Permaneço ali (ou aqui) tentando balbuciar *fiat lux*, não é? É mais ou menos isso. O medo é o sentimento mais coletivo que existe e estou com medo. Mas a única coisa que realmente importa é que vou começar a contar os fatos ocorridos no dia 30 de dezembro de 1977, tentando ainda me agarrar numa prosa de relatório, quando muito mais fácil e cruel seria tatear metáforas, abrir-lhes as coxas e, paradoxalmente, descobrir que as desejo e sinto um terror ancestral por elas e todas as vezes que eu estiver mentindo botarei a cabeça no meio delas e dormirei profundamente. Enfim, ainda estou tentando a forma mais indolor de contar – para mim e para os outros – por que a dor de um filho já não é mais a nossa; a pele cortada é outra e assim podemos, no quinto degrau do anfiteatro, observar atentamente essa cirurgia. E tudo isso quer dizer literatura: a requintada crueldade de poder observar as próprias vísceras expostas refletidas no espelho e imaginando não ser as nossas, como se este refletisse toda humanidade agora – a desumanidade estará dentro de nós, como o olho cego da câmera fotográfica, as lâminas frias da cortina que fecha e abre a objetiva, o vidro da lente, inopinadamente a sangrar, o fluxo maldito chamado literatura, a sangrar...

Optarei sempre e de qualquer forma pelo caminho mais fácil que é o de remexer minhas entranhas, alisar a ferida, morrendo como morro de medo dos outros, enfiar a mão nas gangrenas alheias a ponto de saber que se confundem com as minhas e a dor dos outros então me doerá tanto ao limite do insuportável que então será preciso me matar e pronto e chega.

Eu não sei também até que ponto fiz mal àquele que não tem rosto e que não tem nome (tem, mas não posso dizê-lo, não tenho direito algum a ele), aquele que encontrei às quatro e vinte da tarde do dia 30 de dezembro de 1977 e teve o incrível mau gosto de sentar à mesa de quem já estava suficientemente bêbada a ponto de não recusar nem o Nosferatu como companhia. Na cabeça dele (ou no seu coração) deve ter passado tudo isso, mas ele não podia sequer se dar conta até onde eu o levaria, se o carregaria para o fundo do abismo ou ao menos tentaria, ele, que ficou lá embaixo (ou lá em cima), me observando cheio de terror e pena e nojo.

Que se despediu de mim assustado, dizendo morar em Osasco e mais longe gostaria de estar, talvez naquela cidade do interior de onde nunca deveria ter saído: eu bem disse isso a ele, antes, no bar, olhando sua camisa listrada azul celeste, suas abotoaduras de cristal, eu disse que ele deveria ter ficado por lá, olhando para o seu uísque nacional passando do fundo do copo para dentro de sua garganta caipira de gogó saliente e o seu bigode grosseiro e o seu paletó axadrezado de verde e branco e repeti que você nunca deveria ter saído da sua cidade, cara, e depois, enquanto eu comia um peixe requentado, a massa de tomate rançosa e ácida furando meu esôfago, você disse que eu sabia pedir e tinha gosto e também porque eu estava bebendo um bom vinho rosado e eu olhei de novo para você e tive vontade de te mandar embora, olhei para aquilo que não tinha nome, nem rosto, olhei para a camisa, as abotoaduras e o uísque fajuto e então insisti pela última vez pra você dar o fora para a sua cidade do interior de onde nunca deveria ter saído e você a pensar o quanto estava sendo esperto e se aproveitando e você a preencher meu cheque, porque eu estava bêbada demais até pra isso, com sua caligrafia de escolinha do interior, redonda e ereta como um molequinho saído do banho, o cabelo grudado com sabonete, antes de ir para a tal escolinha do interior e você pensar como era vivo porque eu pagava a conta e eu não ia te cobrar nada depois mas então eu notei que já era noite na cidade, estava grudando nos vidros do restaurante, noite de 30 de dezembro de 1977, oito horas de uma noite leitosa que caiu em cima de uma mulher ao lado de um homem sem rosto. A cidade, a partir desse momento, desapareceu, ao mesmo tempo que foi subindo pelos meus pés, meus joelhos, agarrando-me pelos cabelos e me afogando numa torturante ejaculação monstruosa, um ruído de motor a óleo diesel permanente na minha cabeça, mas eu não cedia, não desacordava, não morria de uma vez, vivendo debaixo do seu cheiro de merda seca fermentada, abstrata casa de máquinas ininterruptas a fabricar eternamente merda e merda e merda, a cidade turbulava em meu peito e seu coração batia junto ao meu podre descompassado implorando perdão por favor perdão quando então acordei ao lado de alguém que curiosamente prosseguia sem rosto como a cidade. Eu era uma mulher transportada ao acaso por um homem encontrado vagamente e nos despimos como para morrer ou nadar ou envelhecer; e é possível que o amor tenha caído no pó de tanta merda e não haja senão carne e ossos velozmente adorados, enquanto o fogo se consome e nossos cavalos vestidos de vermelho galopam para o inferno? Todavia foi uma só noite longa como uma veia, e entre o ácido e a paciência do tempo enrugado, transcorremos, separando as sílabas do medo e da ternura, interminavelmente exterminados. Não me lembro se fui possuída (se essa possessão também não fosse da cidade, o monstro louco e amigo), se não sentisse depois os músculos internos das coxas doloridas. Ele deve ter feito um esforço muito grande, como penetrar num saco de batatas sem furos. Vi um corpo nu ao meu lado. Não lembro detalhes: a configuração das pernas ou dos ombros, alguma cicatriz, nem a cor da pele, nada. Agora penso e me revolto pelo fato de ele ter estado lúcido o tempo todo e de existir na sua recordação alguém frouxo e esparramado na noite de 30 de dezembro de 1977, mas ele não mencionou a minha bebedeira nenhuma vez, isso eu lembro e não entendo por que um bêbado é perfeitamente reconhecível a vinte quilômetros ou a vinte centímetros de distância e qualquer que seja o ângulo de visão e eu não fujo à regra e então? Então nada. Não ia dizer nada disso. Vou tentar novamente. Alguma parte da conversa no bar (quando então eu já me encontrava debaixo de uma grossa camada de resíduos como um peixe espiando as pessoas dentro de um aquário turvo que o dono não limpasse há semanas) ele sugeriu o hotel e fofamente devo ter concordado. Posso também ter concordado depois de beber o *cointreau* ou na rua, tropeçando num canteiro e ele me puxando pelo braço, sentindo pena e sugerindo um lugar onde esperássemos a tontura passar. Tudo isso pode ter ocorrido se eu não soubesse que não foi nada disso e ele agora está morto para responder essas questões que me atormentam, quer dizer, a seqüência dos fatos.

Mais recentemente um amigo me consolou dizendo que esses remorsos seriam de ordem estética porque, pela descrição, o sujeito seria algo entre bancário e representante de bebidas – lembro de um pingüim no seu cartão, podia ser também um pavão, dessas impressões borradas, desses cartões ordinários, assim como ficaram meus olhos horríveis no espelho, mas sobre a mobília do quarto falo depois. Estava nas aves. Meu amigo é sofisticado e eu também, logo nos entendemos, então pra me consolar racionalizo que tenha razão, que meus remorsos tenham sido puramente de ordem estética – eu sempre desprezei esses tipos remelentos de cidade e ele me compreende. Falta ainda dizer como cheguei àquele bar tão bêbada e que bar era aquele.

Houve uma festa na agência. O pessoal trouxe bebidas e salgadinhos e começou a picar papel bem cedo pelas janelas. Às nove da manhã já estávamos alegres, fazendo chover memorandos rasgados e todavia e sem querer ainda perfeitamente legíveis, para nossa grande dor e visão complementar porque não é assim que se altera a ordem do universo, não é não, Deus sabia o que estava fazendo ao lançar sua loucura no espaço e determinar que o caos se fizesse retórica bem mais tarde inventado por uns gregos malucos. Eu e um colega discutíamos sobre isso, liquidando mais uma garrafa de uísque e a merda de mais um ano absolutamente igual aos anteriores e absolutamente igual aos que viriam, Am*os*, At*os*, Obr*os*, eternamente, era inevitável, assim como mais um gole. Pelas quatro da tarde eu desci, resolvida, por perversos propósitos, caçar alguma coisa ou alguém, porque ainda estava sedenta de mais bebida e amores proibidos. Hoje eu sei que por amores proibidos entenda-se trepar com bancários, escriturários, balconistas, picaretas adjacentes da zona azul, de preferência celeste. Eles adoram o azul-celeste. Depois vomitar bílis verde. O amor é colorido – arco-íris estabelecido entre Deus e os homens. E estava com fome, no que deu o peixe rançoso. Admira muito, porque naquele bar a comida costuma ser boa, é um bar tradicional, com cadeiras estofadas de vermelho e garçons específicos e fregueses específicos e bebedeiras específicas, como a minha, só não era específico aquele sujeito sentado na mesa ao lado, enviando olhares azul-celeste especificamente para a dona desacompanhada. Talvez a coisa tivesse sido melhor com os três executivos ansiosos duas mesas além à direta, também interessados na dona desacompanhada. Mas não foi assim. Foi só levantar a cabeça e o sujeito lá estava na minha frente, implorando para puxar a cadeira. Concordei. E desse momento em diante estabeleceu-se o reino de Satanás e suas falanges, engrenando uma quarta ladeira de misericórdia abaixo e *adio, mamma, abia misericordia di nuoi.* Sei que você deve ter sentido muito nojo, teve pouco tempo para isso, mas teve. O meu desprezo ressendia num raio aproximado de trezentos quilômetros. E nem a um molequinho do interior esse sentimento passaria despercebido e você não era um molequinho do interior, era, digamos, um representante de bebidas que foi molequinho do interior e isso faz uma grande diferença. Eu não desprezo molequinhos do interior, desprezo aquilo no que eles se transformam, é isso. Um dia casam na igreja e vão ficar assistindo o programa do Silvio Santos domingo à tarde e o jogo pelo rádio e levar a mulher ao zoológico ou pra comer pizza numa pizzaria de bairro cheia de gordas e crianças e é isso. Você não era nenhum idiota. Digo era porque agora está morto e pronto e chega.

Daí nós chegamos no hotel. Lembro bem onde é: atrás do Hilton e no meio de boates de putas e travestis e, no mínimo, agora imagino, o único que você conhecia porque algum travesti deve ter te levado lá num sábado de azar, só pode ter sido assim. É sempre assim. Completamente bêbada, o cara de sapo do balcão ainda pediu inexoravelmente para deixar meu documento e eu deixei minha credencial de jornalista – esqueci de dizer que sou jornalista – e a jornalista e o representante de bebidas subiram umas escadas tortas e entraram num quarto. Era grande. Tinha até cama redonda. Mas tudo dava nojo. O banheiro estava molhado, lembro disso porque uma hora fui lá e molhei os pés e molhei os pés em toda parte, estava todo alagado. E é só. Depois devo ter apagado. Apagado, até acordar com a calcinha enrolada nas pernas e uma coisa mole do lado direito tentando falar ou fazer ou pegar ou não sei e falando de uma fonte em quintal ou varanda e dos sobrinhos e de um irmão a chegar de viagem e a coisa tentando, minhas coxas morenas e grossas e daí apaguei de novo, a coisa foi socando como um pilão e eu gemendo, socando e eu hum, socando e eu hum, hum e então fingi que acabei e a coisa parou e me deixou em paz em paz em paz, mas eu já tinha acordado e levantei e agora sim, me olhei no espelho e vi os olhos borrados, coisa horrível de se ver, mas não me importei; deu uma urgência de me vestir, perguntar as horas, procurar a cinta, as meias, não sei até hoje onde achei e enfiei e como subi nos sapatos e onde calcei e de que lado vesti a blusa no avesso da saia e implorei: vamos embora. E perguntei o nome dele e ele disse mas eu não lembro não lembro não lembro. Fomos saindo e o cara de sapo gritou ei o documento a minha credencial de jornalista e daí eu ri porque a jornalista e o representante de bebidas saíram e foram beber no bar da praça com mesinhas na calçada. Lá as coisas pioraram muito. Fui inventando uma história que ali em torno tinha muitos amigos, o que é verdade, naquele bar vou muito com os meus amigos, e que o meu negócio era mulher, o que é verdade e é mentira, estava ficando muito excitada e louca e falei de pegar uma mulher e deixei ele assanhado e ele disse eu nunca fiz isso eu topo, vamos pegar uma mulher e daí eu não, é tarde, agora é tarde, outro dia, tem uma amiga casada que eu amo, eu amo aquela mulher, porque, como você sabe, sou uma grande vaca e ele disse não eu não acho e eu repeti, eu sou a maior vaca de todas e daí então ele me olhou duro e falou sim que eu era uma vacona bem grande e falou mais coisas terríveis depois teve pena de mim porque eu só estava fazendo farol porque estava excitada só por isso, esse negócio de tesão faz a gente falar muita besteira. Bebemos dois chopes, mas eu ainda estava excitada e ele também por causa da história da mulher e não sei quem lembrou: e se a gente fosse dar uma ali no meio da praça da igreja? Fomos.

Esse é o relatório dos acontecimentos do dia 30 de dezembro de 1977. Às onze e quarenta e cinco da noite, precisamente, porque eu olhei para a torre da igreja que tem no meio da praça, enquanto estava de bruços com a saia levantada e apoiando as mãos no capim fedendo merda velha e ele por trás mole e mole e com nojo, e de ver aquilo tudo sem dizer nada dizendo estar machucado e eu lembro que estava louca e isso era bom, mas não queria sujar as mãos de terra e queria que aquela coisa entrasse duro e rijo e forte e explodisse aqui dentro e me deixasse mais louca mas ele mole ele não presta para nada mesmo ele é um frouxo, daí eu subi as meias, a calcinha, a cinta e catei a bolsa pendurada numa argola de ferro da igreja e falei, no meio do mato, piscando para as luzes, porque minhas lentes de contato já começaram a arder nessas horas: você é um frouxo. E fomos embora. Ele me ajudou a pular o murinho, quieto e moreno e falou outra vez que estava machucado, mas eu sabia que era nojo, que ele era um cara cheio de preconceitos e coisas assim na cabeça, negócio de mãe e pai lá no interior e noiva e tudo isso que eu já falei e já estávamos, quer dizer, eu estava na Consolação louca para ir embora e você perguntou se eu ia para lá e eu disse não: vou pegar um táxi e você falou baixo acho que vou para Osasco e eu pensei como Osasco? Então veio um táxi eu fiz sinal abri a porta e te olhei: você era um estranho e falei tchau. Dentro do táxi fui embora imaginando você morto lá em Osasco enquanto eu moro no Morumbi e amanhã vai ter uma puta festa.

MÁRCIA DENSER, paulista.
Publicações: *Tango fantasma* (1976), *O animal dos motéis* (1981), *Exercícios para o pecado* (1984), *Diana, a caçadora* (1986), *A ponte das estrelas* (1990), *Toda prosa* (2001) e *Caim* (2006), entre outros.
Possui contos publicados na Suíça, na Alemanha, na Holanda e nos Estados Unidos.

Luar no beco

Maria de Lourdes Teixeira

"Aquela noite iluminada de lua era pasmosa como a misericórdia ou o dom dos visionários."
Boris Pasternak

"Um sonho de prata
Que tombou cisne no lago dum momento."
Antônio de Navarro

I

O beco já agora tinha uma saída lá embaixo, ao pé das últimas casas, pois a demolição de uma delas que ameaçava ruir dera lugar ao terreno baldio. Por entre o mato ralo que substituíra o pardieiro, o trânsito de um ou outro passante que por ali buscava encurtar o trajeto acabara delineando um caminho batido em diagonal, que era como a continuação, o respiradouro do beco. Neste as casas tinham um ar de assombrações. De um lado e de outro do calçamento de pedras gastas, irregulares, em cujos interstícios vicejavam fiapos de capim e ervas daninhas, defrontavam-se elas, parecendo desconjuntas, as paredes manchadas de bolor pela falta de sol, os telhados negrejantes ou esverdeados de limo pendentes dos beirais como se fossem desabar a qualquer vento mais forte.

Um fim de mundo onde só vinham dar náufragos da cidade enorme e os ratos que às vezes até mesmo de dia cruzavam de lá para cá, emprestando uma animação fictícia àquele conjunto de taperas. Dir-se-ia que apenas macróbios se finavam nos pardieiros quase sempre fechados, pois não se viam crianças nem jovens, não se ouvia o som de uma voz, de um alto-falante, ou a música de um disco. O silêncio nem chegava a ser perturbado pela vida longínqua das ruas de trânsito. Criaturas embiocadas, mulheres que só saíam de manhã para as compras e para a missa na igreja não muito distante, caminhando em passos arrastados sobre os chinelos ou os sapatos cambados, levavam sempre o guarda-chuva de tempos melhores e a sacola da atual decadência. Velhos encorujados junto às janelas, de olhos marasmados perdidos no vago, esperando o sol que mal deslizava uma rápida hora por ali e logo fugia para lugares mais amplos.

Numa dessas residências cor de pedra e tresandando a mofo, à qual se tinha acesso por uma porta escalavrada dando para a escada de dois ou três degraus, morava Teresa, com a mãe imbecilizada pela caduquice dos seus oitenta e muitos anos. Solteira mais do que quarentona, Teresa só conhecia da vida a trabalheira e o decorrer monótono dos dias sempre iguais. Desde menina ajudava a mãe, já que o ordenado do pai, modesto ferroviário, nunca lhes permitira o luxo de uma empregadinha sequer. Varrer, lavar, esfregar; passar a ferro, escolher o arroz e o feijão, eram tarefas que ela sempre executara quase automaticamente como um robô. Depois, já moça, falecido o maquinista num desastre, do que lhes adviera modesta pensão, viram-se as duas compelidas a restringir ainda mais o orçamento, rendendo graças a Deus por terem ancorado naquela casa, cujo aluguel condizia com suas parcas possibilidades, pois não passava de uma ruína que só era mantida em pé como guardiã do respectivo terreno, desde que se falava em demolição geral a fim de substituir o beco por uma verdadeira rua.

Com o decorrer do tempo, à medida que se fanavam para Teresa as esperanças de casamento, ela via a mãe decair e invalidar-se para qualquer trabalho. Até que, por fim, a velha ora alheada, ora delirante, imersa em visões fanáticas e solilóquios tatibitates, se transformara numa múmia lavada, vestida, penteada e alimentada pelas mãos da filha. Não era sem motivo que esta madrugava e não parava o dia inteiro. Sozinha tinha que dar conta das refeições, da roupa e da limpeza do lar, onde, a poder de cuidados, tentava disfarçar a decadência e a pobreza.

Quando à noite acomodava a anciã e daí a pouco lhe ouvia a respiração grossa e irregular, rascante no silêncio da casa, Teresa então se tranqüilizava, procurava recolher-se em si mesma, recuperando-se das atribulações do dia. Só assim conseguiria dormir. Antes de ir para a cama, na alcova pegada ao quarto da mãe, era-lhe indispensável aquela hora de paz em que deixava os pensamentos vagarem ao léu, ao sabor de pequenas lembranças inócuas, ou impelidos por devaneios que emergiam dos recessos da sua recalcada feminilidade a estiolar-se naquele ermo.

Se a temperatura era amena, sem vento ou garoa, deixava-se ficar à janela que dava para a frente, a ouvir os rumores distantes da cidade que ali vinham dar como um marulhar remoto ou resfolegar de uma fera no cio. Olhava as fachadas, que na treva assumiam fisionomias extravagantes. Do outro lado, bem em frente, a casa onde morava Seu Teófilo, carteiro aposentado, arregalava os dois olhos cegos das janelas, tinha umas sobrancelhas hirsutas e falhas nos corroídos beirais onde crescia o mato. Mais longe um pouco, à direita, distinguia-se a carranca encardida do casarão das irmãs Nogueira – dona Lula, dona Nena, dona Marica –, senhoras beatas que se diziam outrora abastadas e que mal cumprimentavam os vizinhos, como se os responsabilizassem por terem vindo dar com os costados naquele ninho de morcegos. Já a casa estreita do lado esquerdo, onde morava dona Clarismina em companhia da filha entrevada e do filho desempregado crônico, apresentava um vago ar de rosto magro arrematado no alto pelo topete da água-furtada.

Teresa distraía-se a ver a realidade transmudada por sua fantasia, encontrando naquelas puerilidades um derivativo para os pensamentos tristes e, muitas vezes, para os seus inconfessáveis anseios.

Ora, naquela noite fazia calor e uma claridade azul banhava as fachadas, transfigurando-as por completo. De fantasmas as casas se tornavam quase belas; pelo menos adquiririam certa dignidade, constatava Teresa da sua janela.

Olhou para o alto, para a fita de céu que se estendia acima das suas linhas de telhados: "Com certeza tem lua. Está tão claro!". Mas de onde estava não via lua nenhuma. Só aquela tonalidade de fundo de lago a tornar mais estranha a solidão das residências fechadas, sem a menor fímbria de luz, pois a poupança de eletricidade era ali um denominador comum.

"Que hora será? Quase meia-noite, decerto. Ou mais. Hoje acabei tarde o serviço. Tanta roupa pra passar! E Mãe custou a dormir." Bocejou, mas sem vontade de fechar a janela e ir para a cama, tanto a seduzia aquela azulescência sobre o beco deserto. Deixou-se ficar apoiada ao peitoril, sem pensamentos, usufruindo a placidez da atmosfera e a sua hora de lazer. Vagas emoções, farrapos de lembranças lhe esvoaçavam pelo cérebro como mariposas sonolentas. "Vó Sinhana dizia que não presta olhar pra lua e que é por isso que tem gente lunática... Bobagem..." Tornou a bocejar.

De súbito seus ouvidos captaram um rumor cadenciado de passos, cujo crescendo indicava que um transeunte se aproximava. Pensou em entrar. Quem seria, se por ali não passava ninguém àquela hora, e todos os moradores se recolhiam cedo, nunca saíam à noite, prisioneiros de uma rotina sem frestas? Caso fosse mesmo algum vizinho, que pensaria ao vê-la à janela por volta de meia-noite?

Enquanto fazia consigo tais considerações logo anuladas pela curiosidade, os passos se aproximavam a mais e mais. E Teresa, julgando-se presa de uma alucinação tal como acontecia às vezes à mãe, distinguiu um vulto de homem, alto, esguio, em cuja cabeça se erguia impressionante, absurda, jamais vista, uma cartola. Nem mais nem menos: uma cartola. Perplexa, fascinada, Teresa não conseguiu arrancar-se à janela. Manteve-se imóvel, os cotovelos chumbados ao peitoril, o busto estático, os olhos fixos no fantasma, que de mais perto se delineou como um cavalheiro ereto que envergava casaca ou fraque (ela não sabia bem) e ostentava uma legítima, uma indiscutível, uma insofismável cartola negra.

O coração aos pinotes, a respiração suspensa, a mulher era toda olhos ante aquele vulto incompatível com a realidade e a rotina do beco. De onde viera? Quem seria? Que fazia aquele monturo? Estaria ela sonhando? À medida que o homem se aproximava, digladiavam-se no cérebro, nos nervos, em todo o corpo de Teresa duas compulsões urgentíssimas: recolher-se e fechar a janela à visão diabólica, ou esperar sua passagem a fim de analisá-la melhor.

Eis que o cavalheiro solenemente vestido defronta a janela. Do meio do beco – pois não havia calçadas – volta-se para a mulher, descobre-se com distinto ademã, inclina a cabeça e a cumprimenta. Depois, impassível, se vai afastando, os passos a ressoarem nas lajes e na acústica das paredes muito próximas.

Como um autômato, Teresa ergue os braços do peitoril, endireita o busto, respira fundo, com as mãos frias fecha devagar as duas folhas da janela e vai para dentro como uma sombra. Recolhe-se à alcova amarelamente clareada pela chamazinha da lamparina do oratório. Despe-se em estado de transe, sem saber o que faz. Deita-se, não lembra nem de persignar-se quanto mais de rezar como de hábito pela alma do pai, pela saúde da mãe, por si própria. Estira-se, puxa o lençol e a colcha, mas fica de olhos abertos na semi-escuridão, vendo e revendo o fantasma. Como?! De cartola, de fraque ou casaca – sabia lá! – como um figurão... Existiriam mesmo assombrações ou seria ela que não estava regulando bem?

Só adormeceu quando nesgas de claridade principiaram a insinuar-se pelas frinchas e o galo cantou no quintal de seu Alfredo Bonito, o vizinho parede-meia. E ainda assim um sono inquieto, perturbado por sonhos incongruentes, de que despertou na hora de sempre, cansada, moída, com os ossos doendo.

O dia pareceu-lhe longo entre os resmungos da octogenária e a mesmice das tarefas, à espera da noite, sem ter a quem confiar o seu segredo, a sua secreta preocupação, ninguém que a ajudasse a entender aquilo, que lhe apresentasse uma hipótese viável para explicar o mistério e lhe assegurar que ela continuava equilibrada, de juízo perfeito.

Em todo caso, enquanto labutava no tanque, de mangas arregaçadas e braços irisados de espuma, ensaboando a roupa, ou na cozinha lavando os pratos, o trabalho lhe foi menos penoso. Pois à medida que as mãos laboriosas cumpriam as obrigações, a memória e a fantasia, borboletas gêmeas e incansáveis, adejavam em torno do enigma. Quem seria? Como viera dar naquele beco esquecido de Deus e dos homens? Como era distinto e imponente! Como se desbarretara diante dela! E uma indagação, uma dúvida sorrateira, se insinuava nos solilóquios de Teresa: apareceria ele outra vez? Homem ou fantasma, fosse o que fosse, voltaria a passar diante de sua janela? A expectativa aos poucos se ia transformando em obsessão.

Vagaroso, o dia parecia não mais acabar, com a luz intensa a desnudar a miséria e a decrepitude do ambiente. Se olhava lá para fora pelo retângulo da janela na tentativa de recuperar a visão noturna, o que avistava era a sujeira das fachadas, o reboco escalavrado e, numa das vezes, a figura curva, tristonha e murcha de seu Alfredo Bonito, o ex-barbeiro, com uma cesta na mão, arrastando o seu reumatismo a caminho da quitanda. Nesse instante, muito desamparada, ela se sentiu prestes a desfalecer, certa de que tudo não passara de visão, fantasmagoria. Não diziam que, ao atravessarem o deserto, os viajantes sequiosos, à míngua de água, avistavam miragens fascinantes de oásis com palmeiras verdes e regatos azuis? Teria ela tido também a sua miragem, conseqüência da menopausa? Sim. Era isso. O segredo que a obsidiava nada mais seria do que um distúrbio nervoso de virgem velha, derradeira revolta ou vingança do corpo inútil cansado de esperar a realização da sua finalidade feminina. Sentiu-se corar, humilhada, e instintivamente se persignou.

Não obstante, continuou a ansiar pela noite, pensando e repensando, enquanto o ferro de brasa já quase frio ia e vinha automaticamente na fralda da camisola da mãe: "Ainda bem que o tempo está bom e vai ter lua como ontem. O céu está tão limpo! Imagine só se chovesse!".

Três, quatro, cinco, seis horas, uma a uma verificadas no velho despertador que retinira implacável nas madrugadas do antigo ferroviário, as seis confirmadas daí a minutos pelo apito de uma fábrica distante. Afinal, o jantar. O mingau da velha e os bocados que ela, Teresa, mal conseguiu engolir.

Excitada, embora sem o confessar a si própria, lavou a louça rapidamente, os talheres, as caçarolas, enxugou e recolheu tudo ao armário, varreu a cozinha, fingindo calma, mal atendendo ao monólogo da mãe que em sua cadeira de balanço de palhinha já meio esburacada resmungava invocando todos os santos e arcanjos da corte celeste:

– São Benedito, Santo Antônio, Santa Bárbara, São Jerônimo, São Miguel... Me dá a xicra de água de açúcar, ande. Largue de andá zanzando por aí.

Atendida a ordem, Teresa não via o instante de levar a anciã para o quarto, trocar-lhe a roupa, acompanhá-la ao banheiro e, finalmente, acomodá-la no catre.

Chegadas as oito horas, cumpridas tais obrigações, a filha se liberta:

– A bênção, mãe. Durma bem. Até amanhã, se Deus quiser.

– Vá dormir logo. Não fique pererecando pela casa que nem alma penada. Não presta... – recomendou a voz sem inflexões.

– Sim, mãe.

Teresa vai para a alcova. Acende a luz, e devagar, com um capricho exigente que há muito esquecera, põe-se a arranjar o cabelo escuro, ainda abundante, aqui e ali entremeado de poucos fios grisalhos. Analisa-se ao espelho. Vê a pele sem viço descaindo aos lados da boca, formando bolsas sob os olhos, onde as pálpebras começam a se encarquilhar. Um desânimo fundo a machuca. Que adianta preparar-se? Está irremediavelmente velha e feia. Nunca fora bonita. Mas seus olhos tinham outrora certo brilho que lhe iluminava as faces morenas, rosadas e sadias, fazendo ressaltar o vermelho natural dos lábios polpudos, sugerindo uma vitalidade feminina não isenta de atração. Por que não se casara? Tivera alguns namorados, era verdade. Mas a pobreza, a carga representada pela mãe, o pouco tempo de que sempre dispusera para enfeitar-se e passear, a timidez do seu temperamento, tudo isso espantara os possíveis pretendentes. E a trabalheira a envelhecera precocemente, apagara aquele brilho de mocidade, simulacro de beleza capaz de atrair um homem, despojando-a de qualquer veleidade. Era como se tivesse nascido assim – pensava –, sem nenhum direito à vida, ao amor de um macho. E agora, este inquietante anseio de parecer bem, de despertar a atenção do desconhecido, esta absurda esperança...

Retirou da gaveta uma quase esquecida caixa de pó-de-arroz, passou o encardido arminho pelo rosto meio abstrato, devagar, tornou a passar, tornou a passar, trocou a blusa, alisou de novo o cabelo e de novo consultou o relógio que pulsava sobre a cômoda. Quase dez horas. Terminara cedo o serviço – considerou.

Foi para a janela, a pretexto de tomar ar, sem querer confessar a si própria que, sem nenhum fundamento lógico, aguardava a aparição da noite anterior. Debruçada no peitoril, em vão procurava refletir com discernimento e bom senso. Era claro que aquele senhor só passara ali por acaso, de volta de alguma festa ou solenidade. Talvez de um casamento. Mas por aqueles lados com semelhante traje de cerimônia?! Por que voltaria? Que tolice, que absurdo! Teresa não queria se dar conta de que esperava revê-lo e, mais ainda, da tímida, insensata idéia de que talvez ele voltasse impelido por qualquer particular interesse ou mera curiosidade.

Nisso, quando o sonho principiava a embalá-la e a cegar-lhe a razão, estremeceu e aprumou-se toda, eletrizada. De uma fresta de porta corroída assomou uma ratazana gorda como uma melancia, deteve-se um momento como a orientar-se, depois disparou em direção à casa de Teresa, estacando junto à parede. Afinal, irresoluta, mudou de direção, e devagar, fuçando aqui e ali, integrou-se na sombra.

O incidente trivial repôs a mulher na realidade. Que fazia naquela janela às onze horas da noite, em vez de estar na cama descansando da labuta do dia? Que bobagens eram aquelas que se tinham embarafustado em sua cabeça? Em que ridículo incorreria se alguém pudesse desconfiar? O desconhecido ou fora miragem engendrada pelo luar – "dizem que certas fases da lua mexem com as mulheres, sei lá!" – ou, se real, não passara de acaso. Um senhor importante que por este ou aquele motivo resolvera cortar caminho pelo beco. Que tinha ela com isso? Mas por que a cumprimentara? Ora! Naturalmente porque era educado, muito diferente dos pobretões e cafajestes das redondezas.

A atmosfera ia se tornando cor de violeta. O luar transfigurava a decrepitude do casario e, não fossem os ratos, talvez até se discernisse alguma beleza nas velhas pedras do calçamento, nas paredes escuras, severas. O silêncio escorria como um rio manso, sem obstáculos.

Radar fingindo alheamento, os ouvidos de Teresa de repente captaram ao longe um ritmado rumor. Toda ela se alertou, os sentidos tensos, a postos. Sim. Não se enganava, não podia enganar-se. Alguém vinha da mesma direção de onde na véspera surgira o desconhecido.

Já se distinguiam melhor os passos. Inclinando-se sobre o peitoril, o olhar tentando devassar a distância, eis que avistou um vulto. A intuição lhe assegurou que outro não era senão o mesmo. E não demorou que à fria luz de prata se delineasse, ainda imprecisa mas de maneira convincente, a silhueta alta e esguia, a linha da indumentária e, sobretudo, a inverossímil cartola negra se destacando nítida, relevante, como que recortada contra as paredes cinzentas.

Lá vinha ele, beco abaixo. Com o coração aos baques, o sangue em disparada, Teresa não sabia se devia esconder-se ou permanecer à janela. Se ficasse, que pensaria o desconhecido? Por quem a tomaria? Não estaria se arriscando? Mas – reconsiderava – que lhe poderia acontecer se estava dentro de casa, de porta fechada? E, de mais a mais, não se mostrara ele tão respeitoso? Enquanto essas reflexões se sucediam e se atropelavam em sua mente, o homem se aproximava, com o mesmo aprumo, na penumbra que o limitava entre o duplo friso de fachadas sinistras. Afinal, ao defrontar a janela de Teresa, descobriu-se como da primeira vez, inclinou a cabeça num cumprimento calado e prosseguiu o seu caminho.

O rumor das pisadas foi se diluindo lentamente na atmosfera límpida. A integridade do silêncio se restabeleceu, enquanto o vulto se esfumava ao longe, na fluidez do luar.

A partir dessa noite, como o fato se repetisse, a vida secreta de Teresa sofreu radical transformação. Em seu íntimo toda ela refloresceu. Pois – estava convencida – se o cavalheiro se dava ao trabalho de passar todas as noites diante de sua janela, naquele fim de mundo, só podia ser com o objetivo de vê-la. Agradara-se dela. Se houvera um acaso na primeira noite, já não se daria o mesmo nas seguintes, naquele hábito tacitamente estabelecido entre ambos, quase uma cumplicidade, que ia para uma quinzena, excetuadas as noites de sábado e domingo em que em vão o esperara. Sabia ela por que tais exceções? Talvez viajasse nos fins de semana, devia ter sua casa de campo ou de praia, talvez uma fazenda. Nas demais noites era aquilo: ela a esperá-lo a partir das onze horas; ele a cumprimentá-la, a olhá-la muito, a afastar-se devagar, como quem deseja deter-se. Tratava-se de um namoro, sem dúvida. Já então não havia possibilidade de equívoco.

O dia da mulher passou a desenrolar-se como um novelo cujo fio era puxado por aquele sortilégio noturno, na expectativa do tardio romance que o luar lhe trouxera. E muitas vezes, na treva das noites sem lua – o busto vestido de claro se destacando no borrão negro da janela, o rosto pálido e ansioso –, seus olhos mal conseguiam distinguir a silhueta do desconhecido e adivinhar-lhe o gesto com que, tirando a cartola, a saudava moderando os passos, quase a deter-se.

Não tardaria a noite – pensava Teresa numa angústia que não saberia dizer se era de felicidade ou de pavor – em que ele havia de parar debaixo da janela e dirigir-lhe a palavra, e então (Deus do céu! Que milagre!) o seu destino estaria mudado para sempre. Aqui, entretanto, assomava o focinho maligno de uma preocupação: como o cavalheiro só a via de longe e, ainda assim, à noite, podia-se dizer que não a conhecia, mal lhe distinguindo o vulto nas noites menos escuras. Quando se aproximassem à luz do dia, não se decepcionaria ele, habituado às mulheres belas e cheias de luxo do seu meio social? Teresa olhava-se vezes sem conta ao espelho, tentando descobrir qualquer atrativo no rosto avelhantado.

Tornou-se preocupada consigo. Terminado o serviço, passou a fazer entre o almoço e o jantar a sua hora de repouso (com protestos da velha), na esperança de melhorar de aspecto e também porque se levantava muito cedo, desperta pela mãe, e andava sempre com o sono em atraso. Mais ainda. Lembrando-se de ter ouvido dizer, na juventude, que clara de ovo batida em neve com algumas gotas de limão clareava a pele e tirava as manchas, adotou o tratamento, levando horas com o rosto engomado com aquela mistura, numa tenacidade ansiosa de recuperação. Até mesmo a anciã, maliciosa apesar da caduquice, se deu conta de algo estranho no comportamento da filha:

– Agora deu pra dorminhoca? E que é que você anda esfregando na cara, Teresa?

– Nada, mãe. – E meio envergonhada: – Um pouco de clara batida, para refrescar.

– Tempo perdido. Só pra gastar ovo à toa. Cara de gente velha não endireita nem à mão de Deus Padre. E pra quê? Deixe de bobagem – asprejou.

Teresa não se dava por vencida. Perseverava. Cumprida a tarefa cotidiana, na impossibilidade de usar um creme, passava um nadinha de óleo nas mãos, friccionava-as bem a fim de amaciá-las, antes de as lavar com sabonete. Escovava muito os cabelos, chegava mesmo a estudar a hipótese de tingi-los. De que cor? Como lhe assentaria melhor? Mas era tão caro isso de cabeleireiro! Passou a economizar ainda mais nas magras despesas domésticas para juntar certa quantia com aquele objetivo, a fim de preparar-se para o esperado encontro à luz do dia. Seria esse o momento decisivo de sua vida, a sua última oportunidade. Não poderia de forma alguma perdê-la, custasse o que custasse.

Suas noites passaram a constituir-se de horas alternadas de insônia e de sonho, umas e outras embaladas por imagens perturbadoras. Que diria ele quando se detivesse em frente à janela? Como se chamaria? Pensava, repassava na memória todos os nomes românticos que lhe agradavam. E suas feições? Louro? Moreno? Seria mais moço do que ela? – e toda se alarmava. – Tomara que não fosse muito moço, pois a diferença de condição entre ambos se tornaria ainda mais escandalosa. Elegante e desempenado, devia ser um belo homem, sem dúvida. Mas se dispunha a não se decepcionar caso não fosse bonito. Pensando bem, seria até melhor.

Depois seus pensamentos embarafustavam por outras veredas que davam todas no mesmo rumo. Teria família? Pais, irmãos, irmãs? Intimidava-se: as irmãs costumam ser tão reparadeiras! Mas logo se tranqüilizava ao considerar que o destino os aproximara milagrosamente, com o intuito evidente de uni-los. E Deus tarda mas não falta, como repetia Mãe todos os dias. De outra forma, como explicar aquela aparição? Que outras forças a obrigariam a manter-se até tão tarde à janela naquela noite senão Deus e o destino? Infindáveis interrogações a flechavam. Onde moraria ele? Num palacete ou num apartamento? Sozinho ou com parentes? Tomara que fosse sozinho. A essa altura uma idéia maligna se insinuava entre os sonhos: e se fosse casado?

Virava na cama, ajeitava o travesseiro, puxava as cobertas, procurava espanejar o pensamento indesejável: homem casado não anda àquelas horas na rua.

Absorvia-se de tal maneira nos devaneios que nem prestava mais atenção nos camundongos e baratas que surgiam das frinchas. Se antes vivia em luta com eles, agora nem se dava conta dos minivultos que iam e vinham ao longo dos rodapés, debaixo dos velhos móveis, em trânsito pelo assoalho trabalhado pelos cupins. O pardieiro se transformara em plataforma de onde os seus sonhos levantavam vôo, impelidos por inusitado ardor. Ao mesmo tempo, postulava a todos os santos a efetivação do milagre.

Com o decorrer dos dias e das noites, sob o estímulo daquele segredo e daquela presença masculina embora a distância, a agitação de Teresa foi crescendo sob a forma não só de absurdas imaginações, mas já agora de impulsos quase incontroláveis. Perdera sua paz. Dentro em pouco ela era um só frêmito. Fora alcançada no âmago do seu ser, no sigilo do seu corpo, de onde emerge o impulso instintivo das criaturas. A mulher subterrânea que dormitava nela despertara e precisava do desconhecido, fosse ele quem fosse, casado ou solteiro, bem ou mal-intencionado. Sua tardia virgindade acordara em rebates de urgência, sugerindo-lhe idéias tresloucadas: esperar o noctâmbulo no umbral da porta, facilitar-lhe as ousadias, entregar-se-lhe no corredor escuro de onde a mãe, meio surda, nada ouviria. A fome de amor a consumia, incendiava os resíduos de sua vida, num ardor que mal se disfarçava no decorrer do dia. Não mais a distraíam as obrigações, as rabugices da anciã.

As horas se arrastavam à espera da noite, como se esta pudesse trazer-lhe o apaziguamento ao corpo rebelado e à desnorteada alma. Toda ela era um só desejo. Involuntariamente, ia aos poucos desleixando as tarefas domésticas e os cuidados com a mãe, que precisava reclamar para ter o seu banho, a caneca de água de açúcar, os mimos e desvelos a que estava habituada. A atenção de Teresa concentrava-se em si própria: em seu físico tratado com inútil carinho, em seu corpo agitado por desconhecidas sensações, em sua mente batida por contraditórios pensamentos.

II

Virgolino jamais se casara, pois se acovardava ante as responsabilidades desse passo. Desde que lhe morrera a madrinha, boa criatura que o retirara do asilo e o criara, morara sempre sozinho, de déu em déu, ora num quarto, ora num porão, vivendo de biscates, sem profissão definida. Ajudante de pedreiro, entregador, guarda de construção, agenciador de jogo do bicho, vendedor de bilhetes de loteria, tudo isso fora desde a juventude, quando a madrinha desaparecera, deixando-o sem teto.

A vida lhe decorrera nesses tropeços. Até o dia em que, já cinqüentão, se amasiara com dona Antônia, gorda, lavadeira de ofício, que se embeiçara por ele e se esbaldava desde a madrugada a fim de pagar o aluguel dos três cômodos que ambos ocupavam num cortiço e preparar o tutu com torresmo de que se nutriam a semana inteira, menos aos domingos, dia em que ela arranjava sempre um jeito de melhorar as refeições, em consideração ao parceiro.

Virgolino pouco ou nada contribuía para isso, pois a maior parte do tempo ficava em casa, de papo para o ar, dormitando, fumando ou relendo velhas páginas de jornal ou revista, dando-se grande importância, julgando-se muito acima daquele meio onde viera dar com os costados coagido pela velhice próxima. A amante mimava-o, orgulhando-se do companheiro branco, não consentindo que qualquer vizinho abelhudo se intrometesse na existência do casal a fim de censurar a indolência de Virgolino.

Assim, não era de todo má a situação que ele se arranjara, garantidos o teto, a comida, a roupa lavada e passada, e tendo ainda de lambuja, à noite, a dona Antônia a aquecer-lhe a cama com a enxúndia e a aplacar-lhe generosamente os desejos.

Virgolino só ia ao centro da cidade uma vez ou outra, para rever os companheiros de antigas vagabundagens e beber uns traguinhos em certo boteco onde fazia ponto na praça da Sé. E numa dessas sortidas teve a sua oportunidade.

Chico Cegonha, velho amigo, camelô que operava diariamente naquele local ou na avenida São João vendendo ou anunciando diversas bugigangas e as mais variadas utilidades, propôs a Virgolino um negócio que a este pareceu excelente. Como tinha que ser operado de uma hérnia que o impossibilitava de trabalhar, Chico ofereceu ao amigo, a preço módico e pago em pequenas parcelas, o seu uniforme profissional: calça listrada, fraque e cartola, tudo velho e sujo, mas que com alguns cerzidos e umas boas escovadelas (em que dona Antônia era perita) ainda agüentaria muito tempo. Como complemento indispensável, comprometia-se a apresentar e recomendar Virgolino às casas comerciais para as quais trabalhava: um laboratório de fotocópias, um alfaiate a prestações, um reformador de gravatas e colarinhos rustidos, um relojoeiro que dizia suíço apesar de ter cara de egípcio, uma sapataria relâmpago.

Realizada a transação, ratificada pelos empregadores, Virgolino passou a trabalhar cinco dias por semana; pois nos sábados e domingos voltava à habitual indolência, sob os olhares complacentes de dona Antônia, que gostava de vê-lo nos trinques nos dias de serviço.

Consistia sua obrigação em ir depois do almoço para o centro, dirigir-se ao estabelecimento escalado para aquele dia, apanhar a tabuleta com os dizeres da propaganda (tabuleta que carregava no alto, na extremidade de um sarrafo apoiado ao ombro), e encaminhar-se para a avenida São João, ponto particularmente indicado para tal gênero de publicidade. Cumpria-lhe fazer pequenas caminhadas lentas ou estacionar encostado em um poste ou uma parede, onde se distraía olhando o vaivém da multidão, analisando quem passava, apreciando as garotas de calças justas ou minissaias, mantendo a tabuleta lá no alto e o toco de cigarro nos beiços.

Por ali ficava horas, a torcer para que surgisse algum conhecido com quem desse um dedo de prosa, certo de que assim procedendo em nada comprometeria a eficiência de suas funções. Pois enquanto indagava das novidades e dos conhecidos, lá no alto se exibia, firme, o anúncio do dia: FOTOCÓPIAS PERFEITAS E AUTENTICADAS EM DEZ MINUTOS. Ou: HOMEM BEM-APRESENTADO É HOMEM BEM COLOCADO – O HÁBITO FAZ O MONGE. Ou ainda: MANTENHA SEU RELÓGIO SEMPRE EXATO – *TIME IS MONEY.*

Era um alívio poder quebrar o silêncio com um bom papo:

– Olá, meu chapa! Como vai essa fortaleza?

– Assim, assim. Nem por isso. E você? Sempre com esse troço nas costas, hein? Não é chato?

– Que o quê! Não tem nada mais folgado e dá para defender a grana sem fazer força. Não vê que ando sempre passeando? E você, por onde tem andado que não lhe ponho os olhos em cima há mais de ano?

– Tenho dado um duro, seu compadre. Imagine que a velha, a mãe da Luzia, mudou lá para casa com a filharada, faz mais de seis meses. Virei burro de carga.

– Bem fez cá o degas que não casou – considerou Virgolino com um sorriso de superioridade.

Mas nisso o outro deu com os olhos na tabuleta, que nesse dia pertencia ao relojoeiro, e alarmou-se:

– Falando em relógio e eu batendo papo! Não vê que o patrão marcou hora certa pra entregar o serviço pronto na construção lá no Cambuci...

– Encanador. – E saindo às pressas, depois de apertar a mão do amigo: – Té qualquer dia, felizardo.

E lá se foi na balbúrdia da avenida, aos encontrões, carregando a pesada e tisnada maleta de ferramentas; ao passo que Virgolino decidia com os seus botões que já merecia uma folga, sendo hora de proporcionar-se uma ou duas caipirinhas no bar da esquina.

Alguém indagará por que Virgolino, acostumado à vadiagem e à boa vida no lar garantido pela diligência da amásia, aceitara sem relutância, antes com entusiasmo, a proposta de Chico Cegonha e se aferrara àquele trabalho com uma pontualidade e uma constância que não lhe eram habituais, a ele que jamais esquentara lugar em qualquer emprego. Por dois motivos. Primeiro, porque havia muito andava secretamente saudoso de suas antigas andanças pelos botecos, em conversas estimuladas por tragos da branquinha, coisa que em casa lhe diminuiria a autoridade e a força moral com que pairava muito alto no conceito de dona Antônia. (Esta não cessava de elogiá-lo comparando o seu procedimento ao dos outros homens do cortiço, quase todos devotos da cachaça.) E, segundo motivo, porque sempre invejara aquela indumentária de Chico Cegonha, que lhe parecia sobremaneira distinta e adequada à sua estatura, não inferior à do amigo e muito mais desempenada. Assim, sob exclamações da companheira que, orgulhosa e encantada, escancarara a bocarra exibindo os dentes brancos num largo sorriso, ele inaugurara a fatiota certa segunda-feira e seguira para o centro, iniciando a profissão com a propaganda do alfaiate.

Adotara o sistema de jantar na cidade, o que lhe possibilitava, terminado o expediente às dezoito horas, um giro pelos botequins, um dedo de prosa aqui outro ali, intercalando o bate-papo com o indefectível aperitivo. Para isso, como imaginação era coisa que não lhe faltava, tivera a brilhante idéia de comunicar à dona Antônia que competia a ele fazer uma sessão de trabalho noturno à porta de teatros, boates e cinemas.

A verdade era que sua existência se apresentava a partir de então bem mais divertida, pois antes já se ia sentindo envelhecer na morrinha do cortiço, apesar dos mimos de que era objeto.

Certa vez, como houvesse lua e a temperatura fosse cálida e agradável, ao regressar para o seu bairro às onze e tanto da noite, resolveu variar de trajeto. Em lugar de descer do ônibus no ponto de sempre e subir a ladeira até o cortiço, saltou no ponto seguinte, pois suas gâmbias se mostravam cansadas e lhe faziam lembrar a condição de quase sexagenário.

Quebrou uma esquina, desceu outra e, afinal, enveredou por certo beco sinuoso que ia desembocar num terreno baldio e plano que cortaria em diagonal, rumo ao cortiço, através do caminho pisado no mato rasteiro.

À claridade lunar as casas fechadas de um lado e de outro pareciam encantadas e tensas, de alcatéia. Um rato lhe roçou pelos sapatos e ele, assustado, quase caiu ao tropeçar numa laje saliente do calçamento. Enquanto o bicho disparava e sumia, rápido como viera, Virgolino resmungou consigo próprio: "Diacho de lugar esquisito, parece assombrado!".

A meio do trajeto avistou em certa janela apagada um vulto claro, que de mais perto verificou ser de mulher. Pensamentos impuros lhe afloraram ao cérebro, mas logo os afastou ao observar que à sua aproximação a criatura permanecia calada, discreta, como que recolhida, sem o menor gesto aliciante. E, a fim de penitenciar-se do mau juízo, cumprimentou-a respeitosamente, descobrindo-se com o mais distinto dos gestos estudados para as ocasiões em que usava a cartola.

Na noite seguinte, ao tomar a condução de volta para casa, lembrou-se do beco e decidiu repetir aquele trajeto que lhe evitaria a íngreme ladeira. "Nesta idade já é tempo de ir poupando o motor."

Como na véspera, a luminosidade azulada transfigurava as moradias e dava ao ambiente o ar misterioso que seria decerto sinistro nas noites escuras. Ao transpor a esquina, o seu primeiro olhar foi instintivamente para a janela onde entrevira a criatura insone. Não demorou a verificar que lá estava ela, como um espectro, sempre de claro.

À medida que se aproximava, Virgolino procurava distinguir-lhe melhor o vulto, talvez as feições. Mas só percebia um rosto branco, uma cabeleira escura, um busto delicado. Demorou os passos, cumprimentou-a o mais distintamente que pôde, e lá se foi para os braços de dona Antônia.

Noite após noite aquela visão e aquele cumprimento se foram transformando para ele num hábito e, mais que isso, num discreto namoro que lisonjeava a vaidade e lhe enternecia o velho e empedernido coração. Percebeu que a mulher o esperava e respondia timidamente à barretada de sua cartola. Chegou a voltar uma vez do terreno baldio a fim de assegurar-se de que ela se recolhera após a sua passagem, provando-lhe assim que era aguardado todas as noites, apesar do adiantado da hora. De fato, a janela fechada, nenhuma luz, tudo indicava que a mulher fora dormir logo depois de tê-lo visto.

De então em diante passou a preocupar-se com a visão noturna, com o vulto entrevisto a meio na moldura da janela. Imaginava-a jovem e bonita. Nas horas vazias dos sábados e dos domingos, estirado na cama sobre os lençóis e a colcha alva de dona Antônia, olhos perdidos nas tábuas rachadas do teto onde se destacava em negro o grafismo deixado pelas moscas, ele se perdia em cismas, pensando como poderia dirigir a palavra à moça e manifestar-lhe o seu interesse.

Mas, nessa altura das divagações e dos planos, lembrava-se da idade dele, Virgolino, do seu rosto devastado, da sua indumentária que só fazia vista de longe e no escuro e que de perto devia dar-lhe a aparência de um mal-ajambrado palhaço. Uma idéia abominável se insinuava então em suas lucubrações: e se ela o reconhecesse um dia, por acaso, na cidade, carregando o cartaz do anúncio? Contraía-se todo ante o risco humilhante.

Não. Estava decidido. Tinha que acabar com aquilo. Para os seus comedidos ímpetos semanais dispunha dos carinhos e da benevolência de dona Antônia, que lhe infundia uma felicidade isenta de complexos e perigos. Nada de tolices. Aquilo podia lhe trazer aborrecimentos, podia até comprometer a segurança de sua vida, caso a companheira desconfiasse.

E ainda havia mais: aquela visão da meia-noite não seria um mal-assombrado? – Cruz, credo!

Estava decidido. Adeus, beco.

Para Teresa o desaparecido continuaria a ser o cavalheiro encantado que não se humanizara, mas que conseguira infundir em seu desvalimento a virtude teologal da esperança. Mistério e sonho, jamais seria esquecido, até que no seu corpo intacto de mulher as derradeiras chamas se extinguissem e as cinzas recobrissem todos os anseios.

Então, desfeito o sortilégio, mesmo ao luar o beco voltaria à condição de valhacouto dos minúsculos amigos da noite e último refúgio da desistência dos vencidos.

MARIA DE LOURDES TEIXEIRA (1907-1987), paulista.
Publicações: romances – *O banco de três lugares* (1951), *Raiz amarga* (1960), *Rua Augusta* (1962), *A viagem noturna* (1965), *O pátio das donzelas* (1969) e *A ilha de Salamandra* (1976); contos – *O criador de centauros*; além de livros de ensaios e memórias.
Prêmio Julia Lopes de Almeida (1951), da Academia Brasileira de Letras.
Membro da Academia Paulista de Letras.

Dia 24, à noite

Myriam Campello

Você me espreita, eu sei. Através da distância coalhada de corpos vivos, guizos, vozes, e da alegria suavemente histérica desta noite de Natal. Eu na minha casa e você na sua, mas cada minuto de hoje está cheio de lembranças cruzando o céu num canal só nosso, que as faces queridas em torno procuram não ver. De vez em quando nosso olhar se fixa sobre um ponto qualquer e eles, os que nos amam, mexem-se inquietos nas cadeiras. Por cinco raros anos vivemos juntos e mais dois nos separam. Virá daí a marca que nos assinala quando estamos sob um teto casualmente comum e torna os outros ansiosos e expectantes à espera de um milagre? Mas os pães não se multiplicam, esse tempo ficou para trás como um pintura rupestre. Imóvel, o sentido oculto. Estou diante da árvore cheia de luzes que achamos idiota mas compramos por causa do filho. Ele sabe que você não volta, eu também. Estamos todos cientes. É uma desgraça quieta a desta casa, amigos e parentes cumprem suas funções de Natal procurando ignorar que eu espero. Estar ciente não significa deixar de esperar. Já vi coisas bastante estranhas na vida para deixar-me abater pela aparência. Que é dura, cheia de pontas como pedra afiada, mas com um interior de fruta mole e espanto. Levemente bêbada tento ver o que espero de você hoje. Não é certamente sua boca em meu seio. Suas mãos em mim? Não, nesta noite provavelmente pouco nos tocaríamos. A carne diante do que tínhamos sempre foi um detalhe a mais da felicidade de ouro, embora nos esfregássemos com gosto em seu cetim. Um inferno esse amor que não repousa na carne, tenho inveja daqueles que nela se sentem apaziguados, protegidos. A paz não era para nós, nunca foi. Jamais descansamos na carne ou no espírito, a riqueza era muita, explodia a cada instante da terra minada. Como não éramos ingênuos, com o rabo do olho medíamos aquela esquisita felicidade e seu tiquetaque de bomba. Tentando esquecer vendo todo dia a novela das sete, mas a segurança da banalidade não nos protegia. Na primeira distração, a sopa grossa do que tínhamos e suas duzentas mil estrelas se derramava, queimando os outros. Viramos um problema de segurança pública, tanta empáfia de felicidade não cabe nos limites honestos de uma vida humana. Aí tem coisa, pensavam. Ofendíamos sem querer. Mas o passado está morto, e dizem que o tempo cura tudo. Você se casou de novo, vive se casando, e o revólver que comprei naquele ano de treva continua na gaveta, sem balas, um trambolho entre a conta de luz e a do telefone que tenho de tirar para fora quando procuro alguma coisa (a empregada deve achar que sou do Esquadrão). Não tenho mesmo a vocação das manchetes pingando sangue, não é para qualquer bico. Seriam necessários nervos de javali e pensar que a morte dissolve tudo como um bom detergente, o desafeto e sua lembrança biodegradados no chão por alguns tiros. Coisa mais para um gaúcho dos pampas do que para mim, que nem sei atirar. Ocorre ainda que só acredito soberanamente na espontaneidade, elegante e diáfana como asa de mariposa. Pousou, está pousada. E com uma força que todos os cimentos do mundo não saberiam igualar em suas argamassas de ferro. As coisas impostas têm uma feiúra de máscara barata de carnaval e, como essas, não resistem ao primeiro suor, ao primeiro esbarrão. Por isso cá estamos nós soltos e distantes. Como dois inimigos que mudamente se respeitam. Eu com o meu amor-próprio cerzido aos poucos, enquanto seu orgulho reluz e solta chispas como um cavalo bem tratado. Me disseram também que você está cada vez mais rico com o *open market*, casa espetacular em Joatinga *y otras cositas más*. Grande bosta. Para quem pretendia reformar o mundo convenhamos que é um final vergonhoso, desses de se fugir do espelho. E não adianta culpar a revolução como sei que fará. Coitadinhos dos intelectuais da sua geração, partiram para o dinheiro por não poderem seguir outro rumo. Réquiem para os extraviados. Pombas, o rumo é que não era tão reto assim, e o pretexto foi bom, ora se foi. Entre o oito e o oitenta, vamos logo ao oitenta que ninguém é de ferro. Vejo você, mais grisalho, consumista e cheio de desculpas. Sempre soube falar muito bem, aliás. Explica tudo com arte, até as mulheres que teve. Por milagre dos céus nunca me importei com suas fêmeas posteriores, para mim se dividem só em

morenas de olhos negros
louras de olhos azuis e
ruivas de olhos verdes

(nunca soube de qualquer negra, será que virou racista?) com todos os entretons daí decorrentes, só mudam as cores. Como nas escolas de samba. No mais todas têm o destaque, a bateria e a comissão de frente. Tendo trocado o absoluto pelo relativo, você se acomodou à nova vida como um sultão. Chega de sonhos, abaixo os projetos idealistas de um estudante que não conhecia a gorda, pragmática realidade de carros de último tipo. Acho que a coisa mais forte em você foi mesmo o seu amor por mim, o que explica a violência com que nos demolimos uma vez soada a trombeta. Sim, nos demolimos. Que outra palavra pode definir as vísceras ensangüentadas sobre uma relva antes tão verde? Instalado em sua calma de agora, você não se arriscaria de novo num jogo em que a vitória sempre foi dúbia, lhe deu inquietações demais, alargava sua alma em todas as direções como uma vela soprada pelo vento. Era tudo muito agônico, muito perto do céu para não ferir. Hoje procuro entre os escombros desse homem adormecido e comum o meu Tristão moreno, devorado pela febre. Nunca o acharei. Vaga a bordo de um navio entre brumas, sepultado no tempo. Você finge que não vê, bebe uísque, compra quadros caros nessa vida falsamente solar erguida como um bastião contra mim. Não toca no assunto, não olha para trás. Mas de repente, inesperado, um cometa atravessa as linhas da memória. Dentro de seu olho fixo um ponto se congela em lamento e o arrasta com força, cega com um clarão as mentiras da sobrevivência, demole as estacas desse palácio cintilante em que você brilha de costas para as fontes da vida, arrebenta os diques, provoca enchentes, subverte, destrói, incendeia e o devolve a mim. Por esses momentos e só por eles, sobre o vinho amargo desta noite e a carne difícil das aves tenras, eu te desejo, de longe, feliz Natal.

MYRIAM CAMPELLO, carioca.

Publicações: *Cerimônia da noite* (1973), *Sortilégio* (1981), *São Sebastião blues* (1991), *Sons e outros frutos* (1998) e *Como esquecer: anotações quase inglesas* (2003).

Prêmio Fernando Chinaglia II (1972) e Prêmio União Latina – Concurso Guimarães Rosa (1997).

A sagrada família

Nélida Piñon

Um rosto martirizado, falta de elegância no andar. Dia e noite, a repetição do relógio. Alguns a imaginavam assassinada pela madrugada. Ela não se rendia. Sempre se soube única de uma gloriosa casa. Condição que assimilou desde menina. No colégio surgiu-lhe o arrebato e a expulsaram, a novilha no prado. Após o casamento, rejeitou o homem, que nunca mais ele pisasse aquelas terras. Sobre o amor, sentimento breve, resguardava-se: é para muito mais tarde, justificando ela dizia.

Vinham entorpecendo-lhe as juntas nos últimos meses. Lecionava música a meninos e garotas. E, no entanto, era jovem ainda. Mas o envelhecimento na família iniciava-se pela paralisia dos membros inferiores, sem se explicar o fenômeno, a vocação para a imobilidade. Por pretender a leveza, como folha involuntária ao vento, alimentava-se de café com leite, frutas, queijo, torradas.

O primo ameaçou-a por questões de inventário. Ela se redimia negando-lhe atenção. Também sua mãe do mesmo modo, quando o pai do primo a visitara, embora suas propostas fossem então diferentes. O homem sentou-se ao lado do piano. Os bibelôs tremulavam ela tocando, ele os afastou para que não se quebrassem. A mulher sorriu agradecida. Mas, a luta, isso era áspero. Até o dispensar e suas últimas palavras alcançaram o nível da guerra:

– A decisão de Deus nem sempre é a mesma do homem. Você resolve matando, ou pela justiça.

Os amigos iam-se afastando quando a souberam em luta com o primo. Assim os alunos. Viu-se no estado de simular lições de piano o dia inteiro, para que a vizinhança não suspeitasse de sua solidão. E seu orgulho triunfasse. O trato com ela própria a exauria. Sempre buscando outros meios de acertar, mas terminava no piano, claudicando entre as telas. Passou a compreender as razões do pai ter abandonado a mãe. Vida junta terminava em amargura, consolidação de estimas erradas.

Adotou uniforme para enfrentar o primo. E os cabelos curtos, menores que de homem. Devagar foi-se desfazendo da suavidade que o instrumento de som lhe assegurava, ela não mais existia. Fazia-se dura, os gestos vagos, súbito golpeava portas, janelas, os vidros quebravam-se. Não enlouquecia, mas o animal do seu corpo não permitia consolação.

– Admita que a morte é necessária, o primo enviou a mensagem confidente. Ela cheirou o papel, o macho que a alcançava ainda estando ausente. Rasgou o bilhete, juntou os cacos e fez questão de sepultá-los no jardim. Para que se transmitisse ao primo de algum modo a força do seu desprezo. Fingiu esquecer a terra, quando justamente da área escavada surgiram inesperadas margaridas.

Ele veio de arma na mão, disse-lhe: case-se comigo ainda que o marido esteja vivo em qualquer desterro deste solo. Pedido prontamente atendido sob a condição de permanecerem inimigos ainda habitando a mesma casa. Viria ele assim afinal ocupar a casa velha onde nascera. Não podendo ela duvidar do amor do homem pela propriedade em estertor.

O padre e a comunidade condenaram a união. E no primeiro domingo ao freqüentarem a igreja, aceitaram a violência do sermão que os incluía. O homem não articulava ruídos, tudo fazia para que ela o esquecesse se acaso se encontravam no corredor, ou mesmo na sala de jantar, quando começava a escurecer.

Plantando frutas, ou enfrentando a aspereza do mercado, a vizinhança murmurava: – Acaso tais criaturas chegarão a procriar filhos?

Respondendo, a mulher consentiu que ele a possuísse num raro intervalo, precisamente três meses após a união. Os corpos antes em esquecimento tremeram, as juntas familiares rangendo na imitação dos ancestrais, mas uma identificação perfeita. Seu dorso é de serpente, comentário do homem, para ela aceitar a compreensão que ele colocava nas coisas. A mulher desvendou as janelas da casa, preciso de ar, explicou mais tarde. E quando se descobriu grávida, como se não partilhasse a fecundação com ele, mas com o vento que sempre transitou pela casa, enviou-lhe bilhete: perdemos a casa a um só tempo, não é mais sua nem minha.

O primo respondeu explicações eu quero, para a comunidade e meu coração. E quando a barriga veio até as montanhas da cidade e não se duvidava mais, o primo compreendeu a casa então é do herdeiro. Via o inimigo crescer cada dia. Inimigo dos dois. Compreenderam eles que se deviam aliar, quem nascesse haveria de disputar a casa. Aquele torneio em torno das posses instalara-se na família há séculos. Iam todos crescendo aprendendo que precisavam lutar, pois o sangue derramado desfrutava da circulação, as armas sim se modernizavam. O primo expressou o desejo de aprender esgrima, fixara-se nos limites aristocráticos. Ponderou-lhe a mulher que por terem herdado as juntas emperradas, sobretudo nas extremidades, desistisse ele de pleitear a mobilidade.

Apesar das advertências, o homem exercitava-se contra árvores, galhos delicados. Até que nascendo a criança, chamado ele veio assistir ao parto. Porém cerrou os olhos dizendo: o inimigo nasce, mas faço questão de não conhecê-lo.

Durante o resguardo, a mulher desesperava-se no piano. Amamentava como se lhe fosse estranha a criança. Tinha-lhe um amor perdido, reconhecia o sentimento condenado. Quando ele um dia partir, já o terei perdido desde o nascimento, cismava ela diariamente para explicar a própria isenção. Mãe não se é mais do que uma única vez, e conclamava o homem a olhar o filho que ela parira com sua breve colaboração.

Ele se esforçava em obedecer, ao menos uma vez conhecer o talento da sua rara carne. Devagar ia aprontando os braços, para tornar menos sofrido o olhar, também buscando vencer as articulações comuns à família, toda ela dotada de extremidades difíceis a que se devia a vocação para a raiva. Ia sim a energia do sangue ancestral apertando-lhe o coração, para que o inquietasse o grito saído da boca, que passava a ser o fluxo do seu hemisfério, grato e comovido. E afinal ele se soubesse condenado pelo filho e a mulher, a casa que lhes era roubada com a chegada do herdeiro, e ele não conseguiu olhar.

A cada dia reduzia-se a luta deles à casa. A mulher querendo empurrar-lhe a criança que ele jamais enxergara. Ia então à igreja, fingindo existir harmonia em sua casa. E unicamente pelos ruídos dos objetos se quebrando, os alimentos que sumiam na despensa, e que o forçava a buscar frutas, legumes em toda parte, espremer a serventia dos animais, adivinhar a fartura da natureza, foi imaginando o crescimento do filho e sua poderosa voracidade.

Razão do primo usufruir a casa com um ódio mortal. Sentia-se reduzido a cinzas, habitante de região ártica. A mulher o apoiava quando em estado de transparência transmitia-lhe suas aflições. Ela porém iludia-se de que a luta jamais conheceria um termo, eram todos fidalgos inimigos. O filho para defender a honra da casa buscaria em algum lugar tecer armas com as primas, um combate primoroso, no empenho de se fazer homem. O homem repetia: morro enlouquecido, mas o filho me terá inimigo.

A mulher apreciava o filho manchando as paredes, suas exigências excediam aos limites da casa, embora não a quisesse deixar.

– Habite outras terras, disse-lhe a mulher aos quinze anos. O pai ouviu de acordo, assegurando ao filho, sempre que se aproxime faça barulho, para que jamais eu o veja. Seu martírio era de repente conhecer o filho, descobrir-lhe o rosto. O filho só dizia: aqui eu fico, para que me suportem até a eternidade.

Armas o pai organizou em casa. Arsenal de flores, ele se condenou por não se sentir à altura do prestígio do filho. Pretendendo enganar a comunidade, a mulher tocava o piano, o instrumento de Deus, ela o intitulou, e não quero perdão, acrescentou para que a ouvissem. Quando o pai e o filho se defrontavam, ainda que um deles apenas tivesse o direito de olhar, ela elevava a música a culminâncias, exigia ambos protegidos pelo poder do mistério.

Mistério derramo pela casa, e ela fazia bolos, café. Percorria a casa limpando os destroços. O primo passara a quebrar objetos milenares, herdados da vida tribal, contra as paredes. Pontaria ele não se podia permitir, embora os vigorosos treinos. Contudo, por tanto praticar, e apesar da concentração de ódio que reduzia suas mãos ao tremor, começou a acertar naqueles pontos obscuros traçados nas paredes e contra os quais projetava sua invocação amargurada.

A mulher vinha e olhava, tanta censura em seus olhos que o primo se perguntava se não teria sido mais fácil dormir algumas vezes com a mulher do que suportar sua visão encandecida, Elias sobre o povo de Israel em seu carro de fogo, milagre eu vos prometo, vim não para ficar, morrer já morri, trago de volta apenas minha memória imortal. Teriam sido mais dignos e entre eles existiria uma rede carregada de peixes, imitando a abundância, e não o pus que ela tragava e ele também, por isso olhando ao espelho eles se viam amarelos.

Aos vinte anos o filho ordenou seja como for todas as chaves ficarão em meu poder. Ela entregou, não para agradar ao inimigo, mas lhe pareceu melhor lutar desse modo. Ele teria as chaves, em troca tudo faria para que as perdesse. E mais facilmente desistiu do poder quando surpreendeu o primo, entre sombras na horta da casa, distraído em não enxergar o filho. Horas depois, exigindo ele as chaves, ela tocou o piano.

Ele desafiou Deus, escravo você me fez, mas há de me pagar. Jogou ao chão seus objetos preferidos, e não podendo ferir a mulher, há muito prometeram-se nos mataremos sem que a própria morte nos surpreenda, com isso querendo eles um chão limpo, sem o dever de enterrar os cadáveres – furou com o canivete alguns dos seus quadros. Os de cor forte ele perseguiu até a destruição.

O filho soube que o patrimônio fora danificado. Gritou, além da chave, senhor pois sou do céu, exijo que cuidem melhor do que é meu. O pai passou a organizar exércitos de xícaras, pires e os destroçava contra a parede, revivendo os movimentos a que vinha se dedicando nos últimos anos, embora mal disfarçasse a indecisão que lhe invadira a alma quanto aos resultados oriundos desse jogo.

O filho, ele sabia, tinha-o às suas costas. A mulher apreciava o filho aniquilando o pai, quem sabe ordenando-lhe a morte. E como assassinar o pai, ele parecia perguntar à mãe. Ela no entanto não lhe dizia que vingança todos daquela casa exigiam para sobreviver. Mas lendo na mulher seus mandamentos, o filho deitou-se sobre a mesa, imitava os outros objetos a se destroçarem.

Como um possesso o pai continuava a atirar o material bélico contra a parede. Não selecionava, na certeza de os ter todos à mão. Eles iam-se escasseando, mas sua força não se esmorecia. Antes pronunciava coisas altivas, querendo inventar outros aparatos. Até tocar de repente em um pulso, a que se agarrou como se fosse matriz, e a certeza do calor o surpreendeu. Não sabia de que carne se tratava, tartaruga, lesma, ou caracol. Procurou descobrir sobre a mesa de que classe era aquele pires. E surpreendeu os olhos que nunca vira, o jeito de touro que ele e a mulher haviam inventado. Um rosto que compôs com desagrado. Ele agora existia, pela primeira vez enxergou o filho, o território do medo de que procurou se ausentar quase vinte anos.

O filho encolhia-se fingindo pires, ou mesmo uma xícara. Jogava-lhe na cara o riso e a certeza da sua vida. Vamos, descreva agora a minha cara, ele parecia gritar. O pai então aceitando que o filho fosse o pires que ambos pretendiam, tudo fez para erguê-lo da mesa e o atirar contra a parede, ou mesmo ao chão, como um objeto de cuja forma ele se vestia. Durante algumas horas buscou quebrar aquela carne que ele e a mulher haviam construído pela disputa da casa. E o filho resistiu, resistia mais do que um pires comum.

NÉLIDA PIÑON, carioca.

Publicações: romances – *Guia-mapa de Gabriel Arcanjo* (1961), *Madeira feita cruz* (1963), *O fundador* (1969), *A casa da paixão* (1972), *Tebas do meu coração* (1974), *A força do destino* (1977), *A república dos sonhos* (1984), *A doce canção de Caetana* (1987) e *Vozes do deserto* (2005); contos – *Tempo das frutas* (1966), *Sala de armas* (1971) e *O calor das coisas* (1980); além de livros de fragmentos, crônicas e discursos.

Prêmios nacionais: Golfinho, Nestlé, Mário de Andrade, Walmap e Jabuti (2005).

Prêmios internacionais: Juan Rulfo (1995), do México; Ibero-americano de Narrativa Jorge Isaacs (2001), de Cali, Colômbia; Rosalía de Castro (2002), da Galícia, Espanha; Prêmio Internacional Menéndez Pelayo (2003), e Príncipe de Astúrias – Letras (2005), da Espanha.

Membro da Academia Brasileira de Letras.

Em uso

Rachel Jardim

Ela fizera afinal cinqüenta anos. Fizera três dias antes e de posse deste novo dado, abriu a janela pela manhã. Na rua em que morava, as manhãs ainda persistiam e isso às vezes criava um certo mal-estar em virtude de uma frase que havia lido algum dia em lugar de que não conseguia se lembrar: "abriu a janela e sorveu a manhã em grandes haustos". Não, certamente não fora em *Mrs. Dalloway.* Agora, aos cinqüenta anos, era muito difícil sorver qualquer coisa em grandes haustos, até mesmo a manhã. Mas, nessa manhã, havia um excesso de provocação, como o *flamboyant* a florir conspicuamente em frente a sua janela e todas aquelas montanhas remotas a se delinearem no azul, lembranças de um antigo paraíso.

Ia dar um jantar em casa essa noite para pessoas muito especiais e, como era folga da empregada, planejara um buffet frio: uma salada de arroz com aipo, uma *vichysoise*, um peixe marinado. Estava tudo engendrado, devidamente encaixado, dentro de uma visão meio geométrica do mundo, que era própria das pessoas sob o signo de Virgem. Um detalhe apenas a inquietava: não sabia fazer café e não gostava de confessar isso. Na sua vida sempre encarregara os homens do café, pois lhe parecia uma tarefa masculina, uma tarefa para mão pesada e a sua era exageradamente leve, pés e mãos de criança eram uma marca pessoal sua. Mas, dentro do que planejara para o jantar, estava estabelecido o café e ela sempre fora um tanto intransigente com relação a detalhes sem nenhuma importância. Elaborando a situação, ocorreu-lhe de repente uma solução: e se usasse uma garrafa térmica? Nunca em toda a sua vida possuíra uma, seja porque não suportava café guardado, seja porque esses objetos lhe pareciam muito feios. A feiúra lhe provocava um certo mal-estar, não a feiúra dos vampiros ou do conde Drácula, mas aquela feiúra aplastada das garrafas térmicas. Mas (e mas era uma palavra muito perigosa, por causa dela sempre incorrera em enganos não muito ledos), e se existissem garrafas térmicas bonitas? Lembrou-se subitamente de uma que vira numa exposição de objetos de metal em Nova York. E, olhando pela janela, sentiu de novo o desafio da manhã. Vou sair procurando a garrafa, vou sair procurando a manhã, vou sair respirando, meu Deus, os grandes haustos.

Ultimamente só usava roupas soltas e os pés quase descalços, não queria nada que lhe tolhesse os movimentos, afinal passei amarrada tanto tempo. Como velas infladas de um barco, sua roupa flutuava na manhã e ela se sentiu navegando ao vento.

Os pés descalços e ágeis como os das crianças desciam a ladeira alados e ela se viu como uma deusa grega, partindo das montanhas em direção ao mar. Ainda posso dançar movida pelo vento, fazer gestos da elegância mais severa, roçar a manhã de leve, posso construir a manhã dentro de mim e expressá-la em cada gesto meu. Levantou a cabeça num movimento muito seu, pois, sabia disso perfeitamente bem, era uma mulher muito orgulhosa e tinha aquela espécie de orgulho desmedido de coisas absolutamente pueris, como daqueles malditos cinqüenta anos que ninguém descobria, que jamais confessava por fazerem parte de sua privacidade, mas que não obstante estavam ali acintosamente à mostra, nas mechas de cabelo branco (que suas amigas lhe suplicavam que pintasse), no rosto sem nenhuma pintura como um desafio. Aquele orgulho que lhe permitia fazer coisas que ninguém fazia, tomar atitudes que ninguém tomava, dizer coisas que ninguém dizia, como confessar publicamente que amava um cidadão que, todo mundo sabia, não queria nada com ela. E fazia isso apenas por orgulho, se aquele homem não a amava estava jogando fora uma oportunidade única em sua vida, aquele homem estava equivocado, era como alguém que recusava um reino por medo de reinar. Ela fazia questão de dizer em público que aquele homem não a amava, mas lá no fundo bem que tinha dúvidas e ficava imaginando que ele a amava sim, mas por razões muito neuróticas não tomava nenhuma atitude, ela conhecia gente assim, ele não era o primeiro. Punha em uso a sua fantasia e imaginava um amor de outra espécie, qualquer coisa de muito especial, ela nem queria explicar muito, viver de atmosferas sempre fora uma especialidade sua. Na verdade até que gostava daquele clima imponderável, as coisas concretas estavam sempre sujeitas ao insucesso e as histórias irrealizadas eram eternas, como aquela bem desvairada de *O morro dos ventos uivantes.*

Ele era cearense, entre caatingas e charnecas não devia haver lá muita diferença, ela havia lido tantos romances ingleses, que acabava tudo virando mesmo Inglaterra. A inconcretude deixava livre a sua fantasia e tivera tantas aventuras sexuais insatisfatórias desde que, apenas para se vingar de ter sido uma completa idiota permanecendo fiel durante dez anos a um homem que a largara pela secretária, passara a freqüentar todos os motéis da Barra, que estava preferindo viver mesmo da sua fantasia. Ela, que se imaginava uma deidade grega, uma bacante pagã (como lhe dissera o seu amigo Alfredo no dia em que tomaram um porre juntos e acabaram indo para a cama), uma figura lorquiana, uma princesa indiana, achava que seu amigo devia ter mulheres jovens, inteligentes, louras e saudáveis, muito mais altas do que ele, todas pertencentes ao jornal em que ele trabalhava, mulheres bem-lançadas e desinibidas sexualmente, ao contrário dela própria, que uma vez chorara tanto num motel sob uma luz vermelha, que seu parceiro a pedira em casamento. Ela achava que todas as parceiras sexuais daquele homem eram mulheres muito altas (embora ele fosse muito baixo) e que se despiam com a maior elegância, atirando a roupa sobre o chão. Ela não era muito alta e embora andasse nua em casa, sempre se enrolava antes nos lençóis.

Suas amigas viviam lhe dizendo que tudo aquilo era uma completa loucura, ela sim era uma mulher muito atraente e que devia fazer fantasias com aquele cavalheiro que lhe mandava rosas-chá toda semana, esse sim sabia dar o tom exato, ela tinha muito a ver com rosas-chá, sua palidez, sua fragilidade, sua evanescência. O outro era um sertanejo, lembra-se daquele dia no jornal, tratou você com tanta rudeza, que eu nem sabia o que dizer, quando estava sendo entrevistada.

Ela achava que ele era tímido, mas sua timidez era eivada de esperteza, e se dizia meio índio, tinha aquela timidez esperta e vivaz dos índios, sua timidez sempre o levava ao lugar certo. Tinha além disso uma languidez não consciente, que o fazia muito sensual e ela até achava que se um dia fossem para a cama, ia ser um grande barato, mas se isso não acontecesse nunca, não fazia muita diferença, afinal aos cinqüenta anos, uma fantasia pode ser um verdadeiro achado. Ela se cansara de todos aqueles homens, nenhum deles descobria a timidez dela, e essa era mesmo real e desprovida de qualquer charme, não a levava nunca a parte alguma, nem lhe assentava absolutamente bem. Já estava sozinha há mais de um ano, não queria saber de homem algum e não trocava nenhum reino por aquele de sua fantasia.

Singrando a manhã em busca de garrafa térmica (que a essas alturas já se desenhava em sua imaginação), lembrou-se de uma loja *design* que se localizava em Ipanema, que se chamava "Em uso" e que ficava muito perto da casa do homem que amava, o qual se chamava Afonso Cavaleiro, nome que lhe assentava muito bem.

Atravessou a lagoa pensando que a manhã era de tal delicadeza que ao respirá-la todos ficavam mais leves e que tudo parecia flutuar. E de posse dessa fantasia, passou a imaginar muitas histórias até que chegou exatamente em frente à loja, que constatou não existir mais. Lembrou-se então, imediatamente, que a mesma se transferira para o largo dos Leões e que passava todos os dias em frente dela, quando regressava do trabalho. Pensando que era mesmo incorrigível, mandou o carro voltar exatamente para o lugar de onde saíra, e uma estranha sensação de irrealidade começou a percorrê-la, tudo estava imerso num silêncio surdo, ela viajava sozinha num mundo ainda adormecido. No silêncio mais perfeito vê um carro parar a seu lado e, dentro, Afonso Cavaleiro.

Muito sensatamente disse para si mesma que não estava vendo nada, que o seu sonho se tornava delirante, que precisava controlar a sua fantasia. Porque a moça que vinha sentada ao lado de Afonso (ela não estava apenas sentada ao lado dele, ela dividia o mundo com ele, estavam tão juntos que formavam uma coisa só) não era uma beldade sueca, não era mais alta que ele, era aquela mulher de óculos com ar de ESPOSA, prestes a comemorar vinte anos de casada (um dos maiores encantos dele era o seu ar de lobo solitário), baixinha e meio sobre o roliço, com ar tão virtuoso que fazia dela uma figura curiosa, tão comum que chegava a ser insólita. Uma mulher com ar de esposa, dessas que andam de braço com o marido, um ser que emergia de um mundo de cuja existência ela já nem se lembrava mais e que freqüentava a missa de domingo em Barbacena. Ele parecia ter lavado os cabelos de índio, mas ela (seu cabelo era castanho e curto, combinava muito bem com todo o resto) devia ter tomado banho de touca. Ela parecia absolutamente senhora de si e ele, ele, TINHA O AR MAIS FELIZ DO MUNDO.

Garrafa térmica *design* não existe, foi o que disseram na "Em uso". Ela comprou uma de matéria plástica. Pensar em salvar-se pela fantasia é apenas mais uma fantasia. Ninguém consegue se salvar. Porque a vida não está aí para perdoar pessoa alguma. Talvez certas mulheres com muito senso de realidade, capazes de fazer um bom café. Mas numa dessas manhãs de sábado absolutamente perfeitas, se eu me atirar do alto de um edifício, desenharei no espaço um movimento puro e sorverei a manhã em grandes haustos.

RACHEL JARDIM, mineira.

Publicações: romances – *Os anos 40* (1973), *Vazio pleno* (1976), *Inventário das cinzas* (1980) e *O penhoar chinês* (1985); contos – *Cheiros e ruídos* (1975) e *A cristaleira invisível* (1982).

Cordélia, a caçadora

Sonia Coutinho

Cordélia, você não era mais nenhuma criança, quando encontrou Papá. Quase sem sentir, você se transformara numa mulher entrando na meia-idade, cabelos pintados de castanho avermelhado, e cujo principal divertimento era passear, todo fim de tarde, pelo largo do Machado, onde morava, naquele pequeno apartamento de fundos, extraordinariamente limpo e arrumado.

Bastava dar uma olhada e logo se percebia seu ar de Vítima, característica que se acentuava com a passagem do tempo e despertava (você sentia) a crueldade dos homens. Pois eles adivinhavam estar diante de uma-daquelas-com-quem-se-dá-uma-trepada-e-desaparece-podendo-contar-que-ela-permanecerá-chorosa-à-espera-pelo-menos-durante-três-anos.

Seu principal problema era uma Infinita Vocação para a Virtude, ainda mais autêntica por não resultar, já àquela altura, de nenhuma imposição externa (sua mãe, uma nordestina, fizera um bom trabalho, mas já estava morta há alguns anos), e sim de uma pura e simples disposição de temperamento.

Você não gostava de mudar de homem. Era tímida, introvertida, preguiçosa, uma mudança assim representava enorme dispêndio de energia, quase uma violência.

Fosse só por questão de sexo, é possível que você nunca se desse ao trabalho. Recorreria à masturbação, quando a necessidade fosse forte demais. Porém você era viciada em ternura.

E estava pronta a se desmanchar toda, acreditando que daquela vez, ah, daquela vez ia encontrar a Felicidade, sempre que seus parceiros se mostravam carinhosos, agradáveis e levavam presentinhos, no curso das primeiras trepadas.

Você não resistia a coisas assim e, apesar dos infalíveis abandonos posteriores, da cansativa repetição de rituais, estava sempre disposta, depois de Carpir o Seu Desespero, a recomeçar tudo. É claro, com seu ar mais triste, já que você era, ah, sim, dizia para si mesma, mordendo o travesseiro, de noite, uma tremenda Vítima dos Homens.

Nenhum me propôs casamento, antes do Papá, embora o primeiro tivesse chegado a mencionar vagamente o assunto. Mas, analisando bem as coisas, tempos depois, cheguei à conclusão de que foi mais para não lhe dar um desgosto (sempre detestei fazer isso com qualquer pessoa) que eu o acompanhei até seu sujo apartamento de solteiro, no Leme, e me submeti às suas manipulações e intervenções.

Quase sem prazer, só porque ele fez um ar tão triste e choroso e desesperado – era tão bonzinho! –, além de ameaçar me abandonar, caso eu recuasse. Em casa, mais tarde, bem, eu já não considerei a noitada tão ruim assim. Mas nós dois, por iniciativa dele, não passamos da décima vez.

Foi mais ou menos naquela época (você estava com vinte e sete anos) que sua mãe morreu, as duas irmãs se casaram, seu pai ficou doente, o irmão, morador em outra cidade, apareceu apenas por alguns dias, a fim de internar o velho num abrigo, responsabilizando-se pelas despesas, e depois sumiu de vez.

Como tudo aconteceu muito depressa, você custou a se convencer de que precisava dar um novo rumo à sua vida. Alugar outro apartamento, por exemplo, porque aquele em que morava era grande demais e a proprietária queria um aumento. Felizmente, seu salário no Ministério (um parente político, agora já desprestigiado, arranjara o emprego) era seguro, embora baixo.

Assim, sustentando-se, sozinha, você se viu, da noite para o dia, desajeitadamente metida numa situação de Mulher Livre. E, como a vida não parava de acontecer, você estava abandonada pelo sexto homem (um bancário, um estudante de Medicina, um proprietário de lanchonete etc. etc.), quando encontrou Papá.

Que se chama, na realidade, Tales (ou sr. Tales), tem cinqüenta e poucos anos e está sentado num dos bancos da sala de espera do cinema, aqui mesmo no largo do Machado, para onde vim, sozinha, na sessão das oito. De paletó e gravata, com ar de gente importante, Papá me faz algumas perguntas casuais. Gosto de cinema? Moro aqui perto?

Acabamos vendo o filme juntos e marcamos um encontro para o dia seguinte. No curso do qual ele me informa que é advogado (trabalha para uma conceituada firma na rua São José) e solteirão, mas com muita, muita vontade de casar.

Pouco dias depois, você vai ao apartamento do Papá, um grande três quartos e dois banheiros no Leblon, com vista para o mar. Não está inteiramente mobiliado, mas ele explica que não tem ânimo para comprar as coisas sozinho, quer que sua futura mulher o ajude a escolher. Serve então uma bebida e lhe pede que conte toda sua vida.

Você fica comovida e deslumbrada, ah, sente tanta necessidade de comunicação! É uma pessoa tão sofrida! Percebe, de repente, que nunca ninguém lhe deu lá muita atenção. Inclusive suas irmãs, que agora já quase nada têm em comum com você, preocupadas com filhos, empregadas etc. etc.

Ah, e elas sempre foram muito mais espertas, tão cheias de espírito prático! Assim se ajeitaram na vida, enquanto "Cordélia", diziam, "parece uma tonta, sempre com a cara para cima, sonhando". (Você é meio lenta e suas emoções, fundas, custam a desaparecer.)

O interesse de Papá faz seus olhos se encherem de lágrimas e você começa a falar interminavelmente, lembrando a Infância e a Juventude Perdidas, enquanto beberica, com modéstia, seu uísque. Papá parece degustar tudo deliciado. Quando você rompe em prantos, ele a leva para a cama. Onde você tem o maior orgasmo de sua vida.

Nosso relacionamento é como uma volta a Algo que Nem Chegou a Existir, uma Coisa Maravilhosa de Antigamente. Nessa atmosfera de sonho, ouço a formalização da proposta de casamento do Papá, diante de minhas irmãs e seus maridos.

É quando acontece uma surpresa triste: Papá revela, de repente, que é, na realidade, desquitado. Mas minha Felicidade é tão grande que não sofro nenhum abalo. Emudecida pela emoção, não perco meu permanente sorriso nem ligo para a observação de uma de minhas irmãs, de que seria bom nos casarmos por procuração na Bolívia, como ela leu numa revista de televisão ser costume dos atores, em casos assim.

A próxima etapa são essas deliciosas visitas a casas de decoração, para comprarmos o mobiliário do apartamento. Compramos também o enxoval, e os cuidados de Papá alcançam os mínimos detalhes, fazendo até questão de escolher minha roupa interna.

Paramos muito tempo diante das vitrinas de lojas de *lingerie* e ele elogia determinadas peças, critica outras. Entramos, peço as calcinhas e sutiã recomendados por ele.

A apresentação à sua irmã, uma mulher morena, com ar triste, cheia de Experiências Sofridas para Contar, é o Supremo Toque Respeitável. Tudo tão Família! Pois o que caracteriza Papá, eu penso, são as coisas-feitas-como-se-deve-fazer.

Enfim, você está morando nesse belo apartamento, em companhia de um Homem que Cuida de Tudo e Paga.

Suas colegas de repartição estão mortas de inveja! E tanta realização lhe confere um ar Composto, Digno e Equilibrado, um ar de verdadeira Madame.

Você passa a pintar o cabelo de castanho-escuro, para ver se recupera o tom antigo, e fica orgulhosa ao notar que os homens já nem lhe dizem gracinhas na rua, como antigamente, quando você usava umas blusinhas decotadas, mas simplesmente desviam a vista, com todo respeito.

Ah, é engraçado e ótimo ser uma Mulher Casada. Talvez seja um pouco tarde para ter um filho, mas você, certamente, logo comprará um cachorrinho branco e muito peludo, que será extremamente bem tratado. E, um dia, você pedirá demissão do Ministério; pois agora tem de controlar a empregada, ir ao supermercado, coisas assim.

E Papá pode passar o INPS dele para seu nome, você ficará garantida pelo resto da vida. Não é difícil ser uma mulher, ora, basta tomar banho todo dia e se perfumar e deixar o barco correr.

Mas é quando acontece minha Primeira Mágoa. Papá começa a falar com insistência nos benefícios que ele me proporciona e, às vezes, durante noites inteiras repete:

– E o que seria de você sem mim, hein, Cordélia? Triste destino, uma mulher sozinha, desfrutada pelos homens.

Depois, exige que eu lhe diga, novamente, como era Solitária e Infeliz e Perdida antes de encontrá-lo; como foi a Melhor Coisa da Minha Vida achar um homem tão bom. E, quando consigo falar de maneira bastante dramática, então ele trepa comigo, parecendo sentir maior prazer do que nas ocasiões comuns.

Enfim, você não vê motivo para não ceder aos caprichos dele: você é realmente Agradecida e Humilde, como sua mãe (aquela santa senhora do tipo Lamentoso e Absolutamente Eficiente) lhe disse que convém a uma mulher.

Portanto, você expressa sua gratidão mantendo-se sempre atenta, cuidando da comida e da arrumação da casa. Nunca foi casada antes, mas pensa que os Deveres Conjugais consistem em agir assim.

Isso não evita que, com a passagem dos meses, Papá comece a apresentar um crescente mau humor, que nada faz para disfarçar, muito pelo contrário.

Por que você repete os pratos, no cardápio da semana? (Você se esforça para lembrar, anota tudo, consulta a empregada, as duas concluem que a variação foi diária.) E os talheres, que nunca estão suficientemente polidos? (Você própria os limpara, na véspera.) E o fundo dos copos, sempre sujo? (Etc. etc.)

Você começa a sentir um lento/frio pânico, Papá está tão diferente! O que você pode fazer? Pois parece existir uma lacuna permanente entre suas habilidades e as expectativas dele, você vai descobrindo. Como pagará esse dívida, um senhor tão bem instalado e conceituado a procurou para se casar, a você, uma simples mulher.

Então, acontece a primeira Noite Estranha.

Vamos nos deitar mais cedo e, antes, tomo um banho, ponho perfume. Como há mais de uma semana não fazemos sexo, sinto que ele me procurará e quero atender aos seus desejos, embora já não alcance mais aqueles grandes orgasmos de antigamente.

– Ouça, Cordélia, vamos fazer uma brincadeira – diz ele, de repente, com uma voz esquisita.

– Como assim?

– Vou mostrar uma coisa a você.

Ele dá um pulo da cama, abre a porta do armário, remexe numa gaveta que nunca vi aberta (tem uma pequena fechadura).

De lá, extrai um longo chicote de tiras de couro negro, com pequenos nós nas pontas.

– Tire a camisola, deixe eu bater um pouquinho. Bato devagar, não vai doer, só um pouquinho.

Sinto um calafrio:

– Não, não – respondo.

Jamais lhe neguei alguma coisa antes, e estou com medo. Espio Papá de viés, na penumbra do quarto. Ele parece, de repente, muito velho, tem um ar doentio, a barriga espalhando-se pelo lençol. Não insiste e ficamos em silêncio por muito tempo, fingindo dormir.

Na manhã seguinte, ele me declara, em tom cortante, que eu nunca cozinharei tão bem quanto a mãe dele. Tampouco sei me arrumar, não perderei jamais esse ar suburbano.

E, nos dias seguintes, aproveita todas as oportunidades para manifestar uma Completa e Total Insatisfação, tornando minha vida um Verdadeiro Inferno.

Portanto, um mês depois, quando Papá torna a fazer aquele pedido, não ouso negar. E as sessões se tornam semanais, com uma série de Variações e Acréscimos. Abra as pernas. Vire as costas. Agora, você dá em mim. Aqui, bem aqui. Ah, ah. Com mais força.

Você não sabe o que fazer Cordélia, e pensa que a vida é bem diferente do que uma pobre mulher poderia imaginar. Talvez deva aceitar tudo como natural.

Mas como irá encaixar essas Tarefas Secretas no quadro róseo da sua vida, que costuma esboçar para as colegas de repartição? Pois parece haver no casamento uma necessidade inerente de as pessoas mentirem um pouco, você conclui.

Então, quando você estava, antes, solitária e infeliz e invejando as irmãs, será que aquela aparência de Felicidade delas escondia uma porção de coisas por trás? Ou era esse o preço necessário a pagar, para uma pessoa se sentir Feliz e Protegida? Ah, mas é torturante, tudo isso! O casamento será uma Coisa Torturante?

Depois de muito hesitar, você decide contar a uma de suas irmãs o que está acontecendo, sem entrar em maiores detalhes. A outra ouve com um ar cansado e triste e você pensa que ela é até uma boa pessoa.

Sua resposta é lenta, penosa. Você foi morar com aquele homem como sua esposa, todos tomaram conhecimento. Agora, precisa ter calma, não fazer nada precipitado. Certamente, neste mundo acontecem muitas coisas por Debaixo do Pano, mas as pessoas se esforçam, mesmo assim, para Manter as Aparências.

Você se apressa em dizer que, naturalmente, Papá é um grande homem, tudo não passa de tolice sua, você exagerou.

Ele tem seus defeitos, como todo mundo, mas apenas isso. Assim, você se esforça o mais que pode, nas semanas seguintes, para estar de acordo com as conveniências.

O que não é nada fácil, pois o humor de Papá se mostra cada vez mais ameaçador e eu tremo, todas as vezes em que ele está para chegar do escritório.

Qual será a queixa do dia? Ele fará muitas exigências esta noite? O que mais me magoa, nos últimos tempos, é o fato de ele se referir constantemente, agora, à sua primeira mulher, insinuando que ela fazia muito mais Concessões Sexuais.

E, certa noite, quando me declaro cansada, ele me esbofeteia:

– Você precisa é de humildade, de muita humildade. Já se esqueceu de tudo o que eu fiz por você?

Você passa uma semana meio zonza, sem saber direito o que está fazendo. Nos meses seguintes, perde muito peso, fica magra e branca e com um ar assustadiço de macaquinha recém-chegada ao Jardim Zoológico, enfrentando os visitantes.

Nós partiremos quase correndo, logo depois que Papá sair para o escritório. Nada avisaremos à empregada e levaremos apenas a roupa do corpo e uma pequena valise com objetos pessoais. Na bolsa, o endereço de uma pensão indicada por uma colega de trabalho. (Agora, todas já saberão do fracasso do Mito Dourado, nosso casamento, e respirarão aliviadas: ah, nós sabíamos, a vida é assim, certo tipo de coisa não existe mesmo etc.)

Ao cabo de três semanas na pensão, assentando as idéias (Papá não nos terá procurado nem uma só vez), sairemos em busca de outro apartamento e encontraremos um conjugado na avenida Copacabana que nos parecerá ideal.

Ali, a vida irá recompondo-se e nós, já sem o ar de Madame, até voltaremos a ser galanteadas na rua. Então, adquiriremos o hábito de ir todos dias à praia, onde sentiremos um prazer crescente em olhar nosso corpo todo lambuzado de óleo de bronzear e cheio de gotinhas cintilantes de água/espuma do mar.

Certa manhã, inesperadamente, iremos ao cabeleireiro e nos transformaremos numa *platinum blonde.*

À tarde, diante das boquiabertas colegas de repartição, declararemos que decidimos ficar solteiras de novo porque descobrimos que não está em nosso temperamento trepar mais de seis meses com apenas um homem.

E, à noite, marcharemos em excursão pelas calçadas de Copacabana. Apanharemos um limpo e saudável garoto de dezenove anos, surfista, o torso dourado de sol, os cabelos dourados, todo em bronze polido e reluzente.

Na manhã seguinte, ah, jamais nos teremos sentido tão fortes, tão poderosas! Olhando-nos ao espelho, veremos um rosto moreno e voraz sob os cabelos cor de palha iluminada, um rosto quase belo, de lábios úmidos, sem o menor ar de vítima. Esta noite mesmo Cordélia, a Caçadora, voltará a excursionar.

(Pois a vida é, decerto, extremamente engraçada, mas a gente só descobre isso quando perde completamente a esperança. Sem nenhuma esperança, ah, sem um único fiapo de esperança, então podemos descobrir que ainda existem muitas – muitíssimas – Coisas Divertidas para Fazer.)

SONIA COUTINHO, baiana.

Publicações: contos – *Do herói inútil* (1966), *Nascimento de uma mulher* (1971), *Uma certa felicidade* (1971), *Os venenos de Lucrécia* (1978), *Último verão de Copacabana* (1985), *Mil olhos e uma rosa* (2001) e *Ovelha negra e amiga loura* (2005); *O jogo do Ifá* (1980), *O canto de Alice* (1990) e *Os seios de Pandora* (1992); além de memórias e ensaios.

Prêmio Jabuti (1971) e Prêmio Clarice Lispector (2006), da Fundação Biblioteca Nacional (2006).

A porca

Tania Jamardo Faillace

Era uma vez um meninozinho que tinha muito medo. Era só soprar um vento forte, desses de levantar poeira no fundo do quintal e bater os postigos da janela; era só haver uma nuvem escura, uma única que tampasse o sol; era só esbarrar com a pipa d'água e ouvir o rico e pesado sacolejar da água dentro, para que o menino se encolhesse bem no centro de seu ventre, orelhas retesas, olhos muito abertos ou obstinadamente fechados. Depois, o menino levantava, limpava o pó do fundilho das calças e ia para o quintal.

Conhecia as galinhas, os porcos, mas nenhum lhe pertencia. Achava mesmo engraçado quando via os irmãos abraçarem um leitãozinho, a irmã mais nova tentando, por força, enfiar uma de suas saias no bicho. Bicho é bicho, sabia ele. Bicho tem vida sua, diferente da de gente. Os irmãos não sabiam. Fingiam que eram bonecas, criancinhas pequenas, e, nos dias de matança, todos já eram petiscos, brinquedo esquecido.

O menino preferia olhá-los de longe. Tremia quando a velha porca gorda fuçava por entre as tábuas do chiqueiro; corria se ela estava solta, com sua gorda barriga pendente, seu gordo cachaço lanhado.

A mãe também era gorda. Rachando lenha, carregando água, enorme e pesada bolota de carne. Tinha um rosto comprido, sulcado de rugas, boca sempre aberta, gritando com alguém. A porca não gritava, só roncava, mesmo quando o pai passava e lhe dava um pontapé. Um dia botou sangue – disseram que ia abortar. Ele teve medo de ver. Escondeu-se em casa, na cama, sob a colcha de fustão.

E, de repente, foi o grande choque. Cama sacudiu, lastro despencou, e ele caiu, sufocado pelos travesseiros. Era o pai. A mãe lhe batia com um resto de vassoura... pela loucura... catorze leitões... catorze... e todos perdidos... O pai grunhia e protegia a cabeça. Ao redor, tudo era escuro.

Sabia agora o que era um nenê de bicho. Havia sangue. Sempre havia sangue.

Era um dia escuro. E em dias escuros, o menino tinha medo. O escuro era espesso, profundo, pegajoso e sombras mais escuras eram manchas coaguladas.

Havia um fio de luz, cinza-claro, sobre a pipa d'água. O menino se atreveu a ir bem junto dela. Puxou um banquinho e foi olhar. Como lhe doía a barriga, só de espichar, só de ver... a boca preta da pipa, a água grossa, molhada... E o menino caiu dentro da pipa... Não de verdade, de mentira... E encontrou uma porção de leitõezinhos lá no fundo, mas estavam pretos e encarquilhados.

E ao pular de volta sobre seu banquinho, ao sentir toda a pipa sacudindo, o menino teve a idéia. Balançou forte, cada vez mais forte, e pipa veio pelo chão, despedaçando uma aranha, molhando a lenha, assustando a galinha choca que dormia debaixo do fogão. O pé do menino ficou preso, uma unha esmagada. Mas ele não chorou, fugiu. E fugiu para a rua... Porém o terreiro estava iluminado com uma luz muito pálida, a areia lisa, fina, as bananeiras imóveis e densas... Sentou-se no chão, sobre uma pedra pontuda, um pé em cima do outro, as mãos cruzadas no joelho.

De noite, eram os corpos dos irmãos que se apertavam contra o dele. Mesmo de olhos fechados, sabia quem estava junto de si. A irmã tinha o costume de dar-lhe beliscões, e um dos irmãos sempre esperava que ele se distraísse para puxar-lhe *aquilo*. Depois ria, dizendo: "Por mais que se puxe, é uma coisinha de nada", e mostrava o seu, orgulhoso.

Às vezes, o menino ia dormir no chão. Esperava que os grandes passassem para trás da cortina, ameaçava os irmãos e ia deitar na cozinha ou contra o cabide. Era pequeno, mas também sabia fazer coisas malvadas.

Escutava o pai e a mãe. Suas vozes eram grossas, por vezes estridentes, e palavras feias estremeciam o ar, penduravam-se nas teias de aranha, nos arremates das mata-juntas. O lastro estalava, e havia risadas, de gengivas descobertas, de profundos ocos de garganta.

Ir embora era o que o menino desejava. Ir para um lugar onde a água fosse grande e livre, um mar infinito, como ouvira contar certa vez. Não haveria aves nem porcos nem cachorros, apenas peixes, dourados e lisos...

O menino habituou-se a correr. Corria ao ouvir as xingações da mãe, corria ao ouvir os tamancos do pai, corria ao ouvir as risadas dos irmãos. Corria ainda quando ouviu a voz da porca velha.

Gritava. Não grunhidos, não roncos, mas gritos. O menino sentiu sua barriguinha encolher, *aquilo* se levantar em franco protesto.

Na esquina da casa, lá estava o grupo: o pai, o empregado, a mãe, um vizinho, e qualquer coisa que rebolava feito doida na areia. As crianças se conservavam longe, as mãos nos ouvidos, as caras estúpidas. A mãe se afobava, a saia descosida arrastando no chão, dando ordens, xingando, gritando mais alto que a porca. O pai se remexia, o chapéu sobre a nuca, o nariz pingando de suor.

E foi a mãe que arrancou a faca das mãos do vizinho num gesto brusco. E como gritava a porca... O menino só lhe via o rabinho e as patas trêmulas.

E num instante, tudo ficou imóvel. Os homens forcejando, a mulher adquirindo impulso, gorda, redonda, enorme, sua saia de grandes flores desbotadas roçando o ventre da porca, os irmãos sumindo ao longe, a barriguinha do menino retesando.

E foi água que jorrou da porca. Água de fonte, vermelha, impetuosa, que fugiu de dentro do corpo, que saltou ao sol, que cabriolou, que explodiu na cara de todos... que sujou de sangue (agora era sangue) o braço da mãe, o rosto da mãe, o peito da mãe... que se esparramou no chapéu velho do pai, que respingou em seus bigodes... que cegou o vizinho, sufocou o empregado... foi aspirado por bocas, nariz, escorreu por pescoços e ombros. Agora era o pai quem batia na mãe, descompunha-a... "a camisa... a roupa do empregado, do vizinho... velha porcalhona...".

O menino se agachou atrás da bananeira, com muita dor em sua barriguinha. E nunca mais beijou a mãe.

TANIA JAMARDO FAILLACE, gaúcha.
Publicações: romances – *Fuga* (1964), *Adão e Eva* (1965) e *Mário/Vera-Brasil* (1983); contos – *O 35º ano de Inês* (1971), *Vinde a mim os pequeninos* (1977) e *Tradição, família e outras estórias* (1978).

K de *know-how*

Vilma Arêas

Entrava pelo banheiro, saía pelos tapetes da sala, escorria ao longo do corredorzinho, submergia aos pés do aparador.

Elas miam atrás do andor: tacões, cachos selados, unhas no trançado dos pés, a velha, a moça, por turnos, as gengivas atrás dos lábios.

– Uma xicrinha de café?

– Um biscoitinho?

– Uma cibalena?

A velha põe os óculos de louça, a moça separa os cílios, um a um.

Saindo, exaustas balançaram os corpos, a moça de cabelo liso, a velha sentando-se nos fios finos. Fluíam das têmporas ao pescoço, ocultando-se sob o vestido.

A moça sacudia a cabeça, enjoada: o morno campo de sangue e merda.

– Passei tão mal a noite, mamãe!

Os pontos caíam um a um de agulhas repletas.

– Reparou? As olheiras...

– Claro, ele devia se alimentar melhor.

– Quando eu morrer...

– Ora, mãe, deixa disso. Eu tomo conta dele!
– Não é a mesma coisa.
– Coitado, como tem sofrido!
– Ele puxou a mim.
– As olheiras...
– São as decepções.
Moça protege os olhos, apanha um álbum sobre a mesinha.
– Olha quantas mulheres lindas!
Com ar sonhador.
– Não tem temperamento!
– Isso é.
– Ana como era linda!
– Deixou até o marido. Nem assim ele casou.
– Tinha coxas bem lisinhas.
– E a Bebé?
– E a Cidilina?
– E Maria Aparecida?
– Era doutora...
A moça fecha o álbum, espanta os dedos da velha para longe.

Podiam relaxar a vigília quando vinha a noite e as sombras mexidas nas poltronas: tomavam chá.

– Olha, mãe, olha, mana, vou casar.

Convidam a noiva para um almoço.

As mulheres marchavam pela calçada, tacões altos, tesas. A noiva será de boa família, ascendência italiana.

Visitavam os parentes, solenes.

– Ele vai casar!

Marchavam ríspidas nas calçadas em branco.

– As mulheres italianas são tão lindas!
– Pode ser que desta vez...

Estavam de frente uma para a outra, brutas, braços caídos; as axilas estão rodeadas de umidade, manchando as blusas.

Depois do almoço moviam-se cuidadosas, a despeito da precipitação.

O anel de noivado!

Ele transpirava, tranqüilo.

– Uma safira para combinar com os olhos de Marinela.

– Brilhante é que é anel de noivado – insistiu a moça perigosamente, amparando os cílios.

– Desta vez quero uma safira.

Foram a Paquetá, ele alisava os seios italianos sobre a blusa, no aperto da barca.

– Não respeitas tua noiva? Quando a gente casar não te dou sossego, mas agora...

– Marinela, me dá um retrato teu.

Toda encantada.

– E para quê? Já tens o original!

– Um com dedicatória.

Mão pregada no peito, com dificuldade a velha tricota, mas pouco a pouco adquire rapidez; o novelo acelera aos arrancos do coração. Moça lambe minuciosamente as cantoneiras, prega o retrato no álbum.

– Marinela! Como era linda!

– Muito linda! A mais linda de todas!

Os olhos pesam, pesam, pesam, como as corolas encharcadas de luz.

VILMA ARÊAS, carioca.

Publicações: *Partidas* (1976), *Aos trancos e relâmpagos* (1988) e *Trouxa frouxa* (2000), além de vários livros de ensaios.

Prêmio Jabuti (1988, 1993 e 2006), Prêmio APCA (2006) e Prêmio Alejandro José Cabassa (2000), da UBE.

A coisa melhor do mundo

Vivina de Assis Viana

Eu tenho dezoito anos e faço planos. Como sou mulher, faço planos de mulher: estudar (hoje as mulheres estudam), trabalhar (hoje as mulheres são independentes), casar (hoje, como sempre, as mulheres se casam). Como tenho dezoito anos, o mundo está na minha frente e é nele que eu mergulho todos os dias: faculdade pela manhã, trabalho à tarde, namoro à noite. Tudo muito certinho, como deve ser. Tudo como convém aos anos 1950. Tenho dezoito anos e estou mergulhando no mundo; todas as manhãs, estudando, todas as tardes, trabalhando, todas as noites, namorando. Sou muito feliz, como convém ser. Inteligente na faculdade, pontual no trabalho, ajustada no namoro. Tudo muito certinho, tão certinho que chega a me assustar. Há pessoas, como eu, com dezoito anos, que tentam mergulhar na vida e não conseguem. Se o trabalho vai bem, o namoro vai mal. Eu não. Eu sou muito feliz. Os professores gostam de mim, as pessoas com quem eu trabalho me admiram, meu namorado me adora. Ele chega a dizer que eu sou perfeita, do jeito que ele queria e precisava, e procurava. Eu também acho que ele é perfeito, do jeito que eu quero, preciso e não procuro mais. Se marcamos um encontro, chega antes da hora e me espera sorrindo. Aos domingos, almoçamos juntos, na cidade. Ficamos muito tempo de mãos dadas, cantando músicas do João Gilberto, ou calados, sorrindo. Admiramos a inteligência um do outro. Colocamo-nos apelidos carinhosos. Escrevemos e desenhamos um pro outro, escritos e desenhos cujo significado ninguém entende, além de nós. Prometemos casamento um pro outro. À noite, quando vou dormir, não ouço barulhos que vêm da rua: o som que me acompanha é o da sua voz. E eu fico pensando que a coisa melhor do mundo é ter dezoito anos e mergulhar na vida e sonhar com o futuro a dois: uma sala na penumbra, um disco do João Gilberto, mãos dadas, palavras carinhosas, as mesmas de sempre, gestos carinhosos, os mesmo de sempre, silêncio, sorrisos, felicidade.

Tenho trinta anos e faço planos de mulher. A faculdade acabou (as mulheres de hoje continuam estudando), o trabalho continua (as mulheres hoje tentam ser independentes), o casamento aconteceu (as mulheres ainda se casam). Os anos passaram e tudo aconteceu como estava previsto. O mundo não está, mais, à minha frente: eu estou na frente dele. Não mergulho mais nele, não é preciso. Estou constantemente lá dentro, bem no fundo, como convém a quem tem trinta anos. Quem disse que não sou feliz? Claro que sou. Terminei meu curso, trabalho cada vez melhor, meu marido é aquele namorado que eu queria, e precisava, e procurava. Se marcamos um encontro, ele não chega, mais, antes da hora, mas não tem culpa. O trânsito hoje é muito difícil, o nível do brasileiro melhorou, todo mundo tem carro. Também não almoçamos mais na cidade aos domingos, mas não temos culpa. O dinheiro anda curto, os filhos precisam de nós, aparecem visitas. As músicas do João Gilberto andam raras. Não temos culpa: há tantos discos novos, as coisas agora duram tão pouco, é preciso mudar sempre, todas as semanas, todos os dias. Ninguém tem mais tempo pra lembrar. Continuo admirando a inteligência dele. Sei que outras pessoas admiram junto comigo. Ele deve continuar me admirando. Não temos mais apelidos, mas não temos culpa: agora somos pai e mãe. Afinal, é assim que todos os filhos chamam os pais. Escrevemos um pro outro, mas não desenhamos mais: desenhar é difícil, gasta tempo. Às vezes eu me pergunto se entendemos tudo o que escrevemos, se os escritos têm significado, mesmo para nós. Não há mais casamento pra prometer. Estamos casados desde os anos 1950, quando tínhamos dezoito anos e resolvemos mergulhar no mundo. À noite, quando vou dormir, os barulhos da rua se misturam com os da casa: dentes que são escovados, Caetano Veloso rodando na vitrola, tosse no quarto do filho mais velho. E eu fico pensando que a coisa melhor do mundo é deitar um corpo cansado e ouvir uma respiração também cansada, ao lado. A coisa melhor do mundo é descansar por ter mergulhado nele, um dia. A coisa melhor do mundo é descansar do mundo.

Tenho trinta e cinco anos e não faço planos de espécie alguma. As mulheres ainda estudam, mas desistiram de ser independentes, e já não se casam mais. Não precisam mais sonhar com o casamento: têm os homens na hora que querem, mesmo os de outras mulheres. Não sei se estou dentro, fora ou na frente do mundo. É que nem sei onde está o mundo, como convém a uma mulher de trinta e cinco anos. Eu disse que não sou feliz? Claro que sou. Sou formada, não preciso mais trabalhar, a pessoa que eu queria e procurava e precisava está comigo desde que tínhamos dezoito anos e resolvemos mergulhar no mundo. Não marcamos mais encontros. Ele tem outros, mais importantes, com gente mais jovem, com quem fala de sua vida, seus gostos, suas manias, seus hábitos, nossos filhos. Principalmente nossos filhos. É assim que deve ser. Os almoços aos domingos são raros até em casa: esperam por ele no clube, ou na cidade, agora que dinheiro não é mais problema. João Gilberto foi definitivamente substituído, sem que nem notássemos. Há muitos outros no lugar dele. Não sei os nomes. Não é mais preciso admirar inteligências. A vida, mais inteligente que nós, colocou cada um no seu lugar. Apelidos? Se nem nomes temos mais. O nome dele agora é o sobrenome, público, famoso, citado. E procurado pelos mais jovens, principalmente mulheres, que já não se casam mais, todas dos anos

1970. Escrever o quê? Tudo já foi escrito. Não vejo mais canetas pela casa. E ele mal dá conta de ler tudo que lhe escrevem, suas gavetas se enchem de recados, fotografias, recados, fotografias, recados. Todos de pessoas dos anos 1970. À noite, quando vou dormir, não ouço os barulhos da casa. A vida grita lá fora, nas buzinas, chamando, chamando, chamando. E eu fico pensando que não há coisas melhores no mundo. Nem coisas boas há.

VIVINA DE ASSIS VIANA, mineira.
Publicações: *O dia de ver meu pai* (1977), *O rei dos cacos* (1977) e *O mundo é pra ser voado* (1989).
Prêmio Jabuti (1989), da Câmara Brasileira do Livro.

A curiosa metamorfose pop do senhor Plácido

Zulmira Ribeiro Tavares

Na loja de eletrodomésticos onde é o gerente, o sr. Plácido ouviu soar o relógio. O amigo do sr. Plácido, entendido em arte, disse a ele:

– A Bienal fecha domingo. Você já foi?

O sr. Plácido avisou em casa:

– A Bienal fecha domingo. Vou hoje lá; aproveito que tenho a tarde livre.

A senhora do sr. Plácido respondeu-lhe:

– Morreu o Tancredo Carvalho. O enterro é às cinco da tarde. Não atrase.

"O Tancredo!"

"A sua idade!"

– E do quê?

– "Enfisema pulmonar"– disse a senhora do sr. Plácido.

O sr. Plácido ficou muito impressionado.

– Lembre-se também do "recipiente"– ajuntou ainda a senhora do sr. Plácido. – Compre logo para não esquecer.

– O "recipiente"!?

– Para o exame amanhã. Compre de plástico, que é mais leve e barato.

"O penico!"

– Não desista – disse o amigo entendido em arte. – Vá assim mesmo. Dá tempo.

– Mas estou tão por fora de tudo! – lamentou-se o sr. Plácido. Pensou: "Onde será que o encontro? E de plástico?".

– Escute – disse-lhe o amigo –, não se preocupe. Isso é que é o bom. Chegar à Bienal inocente.

– Como assim? – estranhou o sr. Plácido.

– Veja tudo com olhos de criança.

– Quando eu era criança – disse o sr. Plácido – detestava museus.

– Mas a Bienal é outra coisa!

O amigo do sr. Plácido ficou calado por muito tempo.

O sr. Plácido percebeu que cometera uma gafe séria.

Esperou.

Por fim o amigo do sr. Plácido disse; pacientemente:

– Não procure na Bienal a eternidade dos museus e dos mármores. Busque o "provisório", o "precário", o "perecível".

– Como? – disse o sr. Plácido; e começou a transpirar um pouco. Pensou no Tancredo. "Teria alguma relação com a arte, o enfisema?"

– Arte é vida! – disse o amigo entendido em arte.

Bom, o Tancredo estava morto.

– A arte – ajuntou o amigo – e a vida não estão mais separadas por um abismo; a arte cá, limpinha, asséptica, quadrada; a vida lá, turbulenta, suja, não senhor, são uma coisa só. Os limites entre a arte e a não-arte foram borrados.

O sr. Plácido indagou timidamente:

– Mas então para quê?

– Para que o quê?

– A arte; ou a vida, tanto faz; digo, para que duas coisas se são uma só?

O amigo se calou por muito tempo.

O sr. Plácido estava tranqüilo. "Fui inteligente, sem dúvida."

– Veja – disse por fim o amigo entendido em arte; pacientemente: – O que tem você aí na loja, diante dos olhos?

O sr. Plácido enumerou:

– Geladeiras, máquinas de lavar roupa, rádios, televisores, ventiladores.

– É suficiente. E lá fora na rua?

O sr. Plácio enumerou:

– Gente, automóveis, prédios.

– Sinais de trânsito – ajudou o amigo –, anúncios, cartazes, vitrinas. Você não mencionou o principal.

– É – aquiesceu o sr. Plácido.

– Tudo isso você sabe como se chama? – perguntou o amigo do sr. Plácido. (Referia-se ao principal.)

O sr. Plácido permaneceu calado.

– "Folclore Urbano"! E aqui dentro, na loja, os eletrodomésticos, bem, esses eu os denominaria assim, mais por minha conta, sabe, "Vegetação Urbana"!

O sr. Plácido permaneceu calado.

– Tudo isso está na Bienal, entende? Noutro contexto a coisa salta aos olhos!

– Que coisa? – estranhou o sr. Plácido.

– A vida – respondeu o amigo.

O sr. Plácido ficou muito impressionado.

– Veja ainda – apontou o amigo entendido em arte –, o que é isto? e isso? e aquilo? e aquele outro? – e mostrou com o dedo os desenhos feitos no lado interno da porta do lavatório.

– Todo dia mando apagar e todo dia voltam – disse o sr. Plácido. – Gostaria de saber quem os faz. Não são maus.

– Estão na Bienal! – ajuntou triunfante o amigo.

– Como?

– Noutro contexto. Bem, mas não quero me adiantar muito. Vá. Vá inocente. Espere. Volte.

– Estou atrasado já – disse o sr. Plácido.

– Não seja passivo, entendeu?

O sr. Plácido pensou na porta do lavatório e ficou vermelho. Talvez a morte do Tancredo o estivesse impedindo de pensar com clareza.

– Atue! Co-autoria. Mexa em tudo o que for para mexer! Participe. Adeus.

– É para criança ou adulto? – perguntou o vendedor.

O sr. Plácido teve pejo.

– Para criança – respondeu. Imediatamente pensou: " Não vou caber".

– Que cor prefere?

– Rosa – disse o sr. Plácido para não deixar mesmo nenhuma pista. – O senhor tem caixa?

– Não – disse o vendedor. – Mas embrulhamos de maneira que a forma, o sentido do objeto, entende, desapareça completamente. Ninguém vai saber.

– Obrigado – disse o sr. Plácido. – É que devo ir ainda à Bienal e a um enterro antes de voltar para casa.

– Caro Plácido! Na Bienal e com penico na mão!

– Ele jurou que o significado desapareceria.

– Nunca, meu caro Plácido. Os significados deslocam-se, transformam-se, mas não perecem.

– Você é um acadêmico – disse o sr. Plácido. – Busca a "eternidade dos mármores". Claro que perecem.

Sentiu que dominava o assunto. Contudo era preciso não saber demais. Manter um certo grau de inocência.

– E para onde vai você com esse significado pela mão, ainda que mal pergunte?

– Daqui para um enterro. Você poderia me ajudar? Como faço com isso?

– Pegue ali dois catálogos do pavilhão americano que são os mais graúdos. Ponha o negócio no meio.

– Escorrega.

– Meu caro Plácido! Não se vence sem luta. Não se substituem significados na maciota. Faça assim.

– Agora não posso mexer.

– Como?

– Participar. O braço ficou preso. Não quero ser passivo.

– Claro Plácido! Que faz você em um enterro com catálogos do pavilhão americano?

– Nada. Qualquer coisa que eu fizer, o penico aparece.

– Que delicioso *nonsense*, meu caro Plácido! Que delicioso *nonsense*! Esteve na Bienal?

– É.

– Gostou? Acha que arte é denúncia?

– Procuro manter a inocência.

– Ah.

– O "olhar das crianças", sabe, essa história toda.

– Seja mais explícito, meu caro Plácido. Exemplifique.

– Não posso, já disse. Se lhe passar o catálogo, o penico vai junto.

– E ele insiste! Simplesmente delicioso! Britânico o humor! Nunca o supus!

"De enfisema pulmonar e na minha idade."

– Cor-de-rosa e tamanho infantil! Mas Plácido! Onde tem você a cabeça?

– Se o problema é o traseiro, que interessa a você a cabeça?

– O teu amigo entendido em arte subverte a ordem das coisas! Você, por você, nunca me daria uma resposta dessas!

"De fato o equilíbrio é precário. Há um descompasso grande demais entre as duas partes: a minha e a outra. Mas quem busca a estabilidade dos 'mármores e museus'? A 'paz dos túmulos' é para quem já se foi. Estive na Bienal. E isso não se apaga numa vida."

– Vou fechar a porta. Concentre-se e relaxe.

"Esta mulher não diz mais coisa com coisa! Como é possível? Se me concentro, não relaxo. Se relaxo, caio. É preciso ficar alerta. Algo deve cair, bem sei. Porém não eu: *de mim.* Devo, muito ao contrário, para que tal se dê, procurar manter-me a todo o custo."

– Mas que faz você balançando o corpo de lá para cá? São *fezes* para *exame*, homem, isto é *Ciência* com *C* maiúsculo, não se trata de uma brincadeira. Veja se se concentra. Disso pode depender sua vida, pense no Tancredo.

"Não consigo acertar, não consigo acertar; foi tolice, foi tolice, não há nenhuma correspondência. *A Timidez Vencida em Doze Lições.* Se fosse verdade não teria feito o que fiz. Fui longe demais, reconheço. De um lado, rosa e tamanho infantil, de outro, eu no ramo dos eletrodomésticos. E com a idade do Tancredo. A idade do Tancredo. Um abismo; nenhum contato. Mas... não, não é verdade; ainda que mal... deu, coube. Os limites foram borrados. Uma coisa só. Uma coisa só."

Pela primeira vez em sua vida o sr. Plácido se observa. Agora, nesse momento. Inclinado para a frente, despido da cintura para baixo, as pernas finas e cabeludas ligeiramente abertas, as nádegas imensas e brancas apoiadas na pequena e leve circunferência rosa. Tem ele a impressão de ser este o único apoio para o seu corpo, que os seus pés mal tocam o chão; paira. Dois pares de aspas, como frágeis mãos, colhem-no por baixo, delicadamente, pelas nádegas e guardam-no consigo. Novos limites? Não pode evitar. Exatamente como descreve o catálogo. *Está no catálogo.* Colhido pelas aspas como dentro de uma cápsula, aguarda a revelação; uma revelação de ponta-cabeça; mas que, se vier, fugirá imediatamente a este estado de graça pois que de pronto será encaminhada ao laboratório para exame. Arte e ciência. Arte e não-arte! Os limites depostos, outra vez? As respostas acham-se retidas dentro da cápsula com o sr. Plácido. O sinal da revelação ainda é apenas o roxo na sua fisionomia congesta. O sinal é esforço, mas esforço suspenso, sem quase apoio, roxo, roxo-solferino. A suspensão é auréola: o plástico rosa, frio e leve. Um precário estado de graça iluminado pelos antípodas: roxo violento, rosa tênue. Duas cores, ou uma: dois tons, ou um

puro
perfeito
objeto
Pop.

ZULMIRA RIBEIRO TAVARES, paulista.
Publicações: *Termos de comparação* (1974), *O japonês de olhos redondos* (1982), *O nome do bispo* (1985), *O mandril* (1988), *Jóias de família* (1990), *Café pequeno* (1995) e *Cortejo em abril* (1998), entre outros.
Possui livros publicados na Alemanha e na Itália.
Prêmio Associação Paulista de Críticos de Arte (1974), Prêmio Mercedes-Benz (1985) e Prêmio Jabuti (1991), da Câmara Brasileira do Livro.

À guisa de posfácio

Nelly Novaes Coelho

Para o leitor que nesta antologia procurou apenas um bom entretenimento, estas palavras "à guisa de posfácio" são absolutamente desnecessárias, pois nada acrescentarão à própria leitura dos textos, praticamente todos eles apresentando em alto nível a exigência básica do gênero narrativo: o poder de interessar, dar prazer e/ou emocionar.

Porém, para os que querem ir além do simples prazer do texto e se colocam interrogações, registramos algumas que nos surgiram ao longo da leitura e que talvez coincidam com as do leitor interessado. Uma das primeiras foi relativa ao critério de seleção adotado, pois dele depende sempre a organicidade de qualquer antologia. Esta, segundo a própria organizadora, pretendeu documentar a contribuição da mulher-escritora brasileira à área do conto, limitando sua seleção a autoras vivas. Daí a seqüência dos nomes por ordem alfabética e a presença simultânea de autoras já consagradas (com a grande ausência de Clarice), ao lado de escritoras quase anônimas (por terem surgido recentissimamente) e de outras que, se não são ainda conhecidas do grande público, pelo menos já o são, suficientemente da Crítica em geral. Por outro lado, segundo se deduz da leitura dos contos, a seleção procurou fugir à temática exclusivamente "feminina", ou melhor, o eterno problema do Amor. Entretanto a quase totalidade deles não foge a essa temática.

Foi essa circunstância que veio reforçar em nosso pensamento crítico uma das preocupações que mais o assaltam nestes últimos tempos: a urgência de se repensar criticamente as relações Homem-Mulher. Tendo em vista a confusa época de transformação em que vivemos, o reconhecimento do "mito-mulher" em relação ao "mundo dos homens" torna-se fundamental.

É, pois, no sentido de compreendermos melhor a crise de mutação que as Relações Homem-Mulher-Mundo vêm conhecendo em nosso tempo, que nos parece importante atentarmos para a *natureza dessas relações* tal como aparecem nos contos aqui selecionados, e para *natureza das soluções estilísticas e estruturais* que lhes serve de suporte formal. Vida e Literatura caminham indissoluvelmente ligadas: à transformação de uma corresponde sempre a transformação da outra.

A problemática básica

Com exceção de seis contos (entre dezenove), todos os demais, a despeito das diferentes técnicas de que resultam, têm como fulcro da narrativa uma frustração existencial via de regra decorrente de frustração amorosa – uma mulher distendida para o amor, para a comunicação essencial e, ao fim, prisioneira da solidão e da desesperança.

Assim sintetizada, tal problemática tanto pode ser atribuída aos primeiros romances femininos (como *La Princese de Clèves,* de Mme. De La Fayette, do século XVII), como aos mais recentes, dando a impressão de que, afinal, nada mudou. O que está longe de ser verdade. O que não mudou, e isso é fundamental que se acentue, foi a irredutível necessidade de comunicação essencial de um "eu" com o "outro" – comunicação cuja forma mais plena e perfeita é a do Amor entre dois sexos que se complementam, e reencontram a Unidade primordial. O que mudou (ou precisa mudar urgentemente, daí a crise atual...) são as novas "circunstâncias" dessa *comunicação essencial* – o amor.

É nessa direção que procuramos encaminhar nossas reflexões a partir da leitura dos textos aqui recolhidos. O que mudou ou deve mudar as relações Mulher-Homem-Mundo? Por que a eterna frustração existencial? Por que a aparente impossibilidade do Amor como união essencial?

As duas diretrizes da ficção

A grosso modo, a ficção contemporânea (produzida pela mulher ou pelo homem) apresenta um duplo cariz ou, em outras palavras, é de duas naturezas distintas:

– a que se filia à "literatura catártica" – de raiz psicológica, intimista, literatura de testemunho, reflexão e denúncia de determinada *situação existente;* e

– a que se expressa como "literatura de interrogação e de busca" – no encalço de um reconhecimento dos seres e das coisas dentro de uma situação narrativa que vale mais como *sondagem do "devenir"* do que como presente vivido.

À primeira área, naturalmente, pertence a maior parte da produção ficcional, em qualquer literatura de hoje, pois é a que traduz a "continuidade" na transmissão da herança recebida, depois de vivida e passada pelo crivo da reflexão.

À segunda área pertence a produção que, se antecipando ao futuro, em lugar de transmitir uma herança ética/literária/cultural, se propõe a questionar, transtornar ou destruí-la, para que novas realidades surjam um dia em seu lugar.

Na linha da literatura "catártica" – testemunho crítico do presente, que se expressa em linguagem realista, analítica, judicativa e "transparente" (linguagem-comunicação que não oferece obstáculos à compreensão imediata), inscrevem-se, entre outros, os textos das "decanas": Dinah, Helena e Maria de Lourdes. Embora com diferentes temas, cada uma delas expressa a mesma problemática acima referida, em termos que oscilam entre o tradicional e o contemporâneo.

"Port Moresby", texto inédito de Dinah Silveira de Queiroz, por meio de um foco narrativo "moderno" – o da narradora-aderida-à-personagem-central –, nos revela todo o vazio de vidas absolutamente carentes de essencialidade e iguais na superficialidade do viver social. Torna-se bem clara a dupla intenção da escritora: identificar sua heroína com todas as demais mulheres de seu meio social (mulheres de elite, totalmente ociosas, em uma sociedade que não lhes permite nenhuma atuação para além das tradicionais: mãe, esposa ou amante) e ao mesmo tempo mostrar sua "diferença": Dorothy "pensa", é consciente, pode ver à distância. Assim, a "notícia" da venda de mulheres em Port Moresby (que Dorothy tenta, em vão, discutir com os que a rodeiam) torna-se o símbolo da inconsciência que preside as relações Homem-Mulher-Mundo, no sistema tradicional ainda vigente. Inconsciência que se transforma, assim, no óbice fundamental a qualquer evolução possível.

"Luar no beco", texto inédito de Maria de Lourdes Teixeira, é a narrativa poetizada de um "equívoco" que acaba se transformando num verdadeiro processo de "encantamento" amoroso (amor mais alimentado pela fantasia do que por fatos). Assumindo a atitude onisciente do narrador tradicional, M. L. Teixeira desenvolve o tema do Amor, de maneira semelhante ao do processo de "cristalização" de que falou Stendhal, e pelo qual se torna patente a necessidade profunda, visceral, que existe na mulher (e no homem) de se realizar pelo Amor. Embora diferente da problemática colocada em "Port Moresby", este "Luar no beco" finaliza por uma constatação idêntica: impossibilidade de realização autêntica no plano da vida real – impossibilidade compensada pelo sonho, pela fantasia que alimentam a esperança, tal como aconteceu com Teresa e vem acontecendo, há séculos, na literatura e na vida.

Já "Aida Arouche Magnocavallo", de Helena Silveira, na linha tradicional do realismo psicológico, é um conto "datado". Foi escrito em 1946 e expressa um problema social que iria ter seu declínio a partir desse momento (no após-guerra – 1945), e que caracterizou os anos 1930/40, em São Paulo – período da grande ascensão do imigrante italiano, cujas aspirações à ascensão social foram dificultadas pela rejeição da "nobreza agrária paulista" em decadência, cujo orgulho de casta via nele apenas o grosseiro "novo rico" sem Tradição. (Preconceito social que a desmedida expansão econômica do após-guerra e a conseqüente mudança de posição da "gangorra" das classes dominantes veio destruir por completo.)

No entanto, apesar da problemática básica de "Aida..." ser de natureza socioeconômica, o resultado final, quanto à heroína, é de natureza psicológica, bem dentro da problemática geral que estamos acompanhando: solidão, irrealização no amor e esperança frustrada.

Na grande maioria das escritoras mais novas aqui presentes (surgidas nos anos 1960 e 70), vamos encontrar, através de estilos, técnicas, estruturas e atmosferas as mais diversas, o mesmo fulcro narrativo: a frustração amorosa que culmina no fracasso existencial de uma mulher, sem esperanças. Registrando os títulos, por ordem de seqüência no volume, temos:

"O piano", de Cristina de Queiroz (publ. em 1974), na linha da psicanálise, das sondagens psicológicas que se divulgaram entre nós a partir dos anos 1950, é uma das mais claras expressões da literatura confessional, catártica , onde o "feminino" se mostra visceralmente fraudado em suas aspirações e onde se denunciam todas as deformações de personalidade que o Sistema tradicional impõe, para haver harmonia na convivência. "Foi desse modo que me converti num simples objeto de uso alheio, alimentando-me de mim mesma." É a conclusão a que chega a personagem-narradora – verdadeira analista de sua própria alma. "O piano", a nosso ver, corresponde muito mais a uma fase de conscientização da escritora, com relação à mulher que o nosso século vem descobrindo, do que propriamente à tentativa de manipulação literária desses novos dados. Essa tentativa vai surgir abertamente na literatura "de interrogação e busca".

Em "Os mortos não têm desejos (Roteiro de uma vida inútil)", texto inédito de Edla van Steen, aparece a mesma problemática: a irrealização existencial/amorosa. Definida a partir do subtítulo, "Roteiro de uma vida inútil", tal problema surge agora trabalhado por uma nova consciência da escrita ficcional – a que elege a *linguagem cinematográfica* como estrutura básica. A fragmentação do fluxo narrativo em pequenas cenas, intituladas "seqüências"; a interferência da memória registrada como flashback; o espaço em branco entre a montagem de um texto e outro; o predomínio quase absoluto das frases coordenadas ou justapostas (reveladoras de uma realidade fragmentada, não-unificada); a objetividade – "olho de câmera", no registro dos movimentos ocorridos nas cenas etc. – são algumas das técnicas naturais na linguagem própria do cinema e que foram incorporadas por certas técnicas da ficção contemporânea.

A despeito, porém, dessa renovação estrutural, persiste aqui a mesma intencionalidade "confessional" ou "catártica" e a mesma imagem de mulher irrealizada, existencialmente, a partir do amor frustrado. Também a mesma ausência de esperanças. Note-se, nesse sentido, que a personagem central, Heloísa (a morta que assiste ao seu próprio velório), é pintora, isto é, exerce uma atividade criativa e através dela deveria ter-se realizado no plano existencial. No entanto, como essa atividade não é reconhecida, valorizada ou aceita pelo marido, de nada lhe vale também. Por esse pormenor, conclui-se que aqui continua presente a tradicional identificação do amor como elemento básico de realização do ser. Para Heloísa, falhada a união essencial com o marido, só restara o vazio.

É também o caso de "*Curriculum vitae*", de Julieta de Godoy Ladeira – conto onde a frustração de uma mulher tem, como origem, o bloqueio à comunicação essencial, não com o homem amado, mas com os pais, principalmente com a mãe, cuja intolerância e egoísmo, reforçado pela indiferença do meio social, anulam para sempre na filha a possibilidade de realização vital e profunda no Amor.

J. G. Ladeira constrói, aqui, uma narrativa que foge ao esquema comum da literatura confessional, por se estruturar de acordo com uma das "fórmulas" mais características do mundo profissional de hoje: o "curriculum vitae" – registro impessoal e frio das "ações" e "conquistas" na área profissional e que (tal como o "cartão de visitas" antigo) dá ou não, ao indivíduo, o crédito de sua aceitação pelos demais.

Símbolo claro de uma sociedade que vive mais das *aparências* do que de *verdades*, o "*curriculum*" substitui a "pessoa humana". Esta passa a ser valorizada apenas por fatores transformados em rótulos, ou melhor, por certas "aparências" que dificilmente podem dar a medida exata da

Verdade que lhes está por detrás. É o que mostra a narrativa, ao registrar, por exemplo, o grau de escolaridade: "Curso primário, ginasial e preparatórios". O essencial, o que realmente importou daquela "escolaridade" fatalmente escapa dos limitados rótulos. É essa uma das denúncias deste conto: no sistema de avaliação profissional, o "curriculum" pode substituir a Verdade, a Potencialidade e a verdadeira capacidade do seu portador. Finalmente, o drama da personagem, imolada por seus deveres filiais e profissionais, mais uma vez reafirma o problema basilar da literatura feminina: a imagem da mulher como alguém cujo impulso natural é o de tornar-se base, refúgio, porto seguro para alguém.

À certa altura, amplia-se a consciência de que o bloqueio a uma realização existencial profunda atinge a ambos os sexos. Na literatura escrita por uma mulher, aparece o personagem masculino. Em "HD 41", de Anna Maria Martins, em lugar de ser focalizada a mulher fraudada em seus impulsos mais legítimos de união com o homem e o mundo, vemos o homem de que aquela fraude resulta – o profissional vitorioso e incapaz, pela própria engrenagem econômico-social que o arrasta, de corresponder à tal expectativa.

Em estilo ágil e descontraído, que utiliza "marcações" de linguagem teatral, técnicas de roteiros para cinema ou tevê, a narrativa em "HD 41" mantém-se ludicamente na superfície das coisas e, ao mesmo tempo, nelas instila o amargor das coisas negativas. Significativa denúncia social, "HD 41" tem como "herói" o homem máquina da sociedade de consumo, o "executivo" bem-sucedido e superburocratizado, absorvido visceralmente pela avalanche de compromissos, eficientíssimo e infalível (comparado no conto à eficiência do trator HD 41), pelo qual passam sucessiva e regularmente mulheres e mais mulheres, sem que com nenhuma, nem com a própria esposa, seja estabelecida a ligação profunda que se faz necessária à plenitude do viver.

Ainda na linha do desencanto, embora comece de maneira alegre a narrar felicidade, está o conto "A coisa melhor do mundo", de Vivina de Assis Viana (publ. 1975). Em estilo telegráfico, sintético, à maneira impessoal dos "relatórios", V. de Assis Viana registra a evolução de uma adolescente dos anos 1950 à mulher madura dos anos 1970. Evolução que se faz no mesmo sentido já visto anteriormente: dos projetos de vida iniciais à imobilidade das coisas realizadas; da euforia do amor ao desencanto da indiferença, da esperança à desesperança.

Pela maneira de tratar a matéria ficcional, pode-se dizer que V. de Assis Viana se aproxima da atitude, entre cínica e desenvolta que, ao nosso ver, marca a passagem da literatura confessional, intimista, de raiz tradicional, para a da literatura de "interrogação e busca" mais recente. Pensamos em certa linha descontraída da ficção atual onde, embora a problemática do desencontro amoroso esteja presente (ou latente), já não suscita o naufrágio interior de antes. É outra a perspectiva de visão que "filtra" as situações vividas.

É o caso do conto "Em uso", de Rachel Jardim, onde ecoa a atmosfera aberta e a agilidade narrativa de *Mrs. Dalloway*. Aliás, esse conto mantém muitos pontos de contato com o romance de Virginia Woolf, expressamente mencionado no corpo da narrativa. Como "pontos de contato" note-se, principalmente, certas identidades com o início do romance: a saída de Clarissa Dalloway para comprar flores, a festa que ia dar à noite, a euforia no sentir o ar da manhã etc. Identidades que, a nosso ver, são "índices" registrados, intencionalmente, por R. Jardim, desvendando assim sua opção estilística/estrutural: a de uma narrativa aparentemente realista, onde o que conta, realmente, não são os acontecimentos triviais do enredo, ou as razões e verdades objetivas das personagens, mas suas *impressões* da vida, a vivência espontânea de seu inconsciente ou de sua fantasia. É exatamente essa a atitude vivencial da personagem de "Em uso" – uma mulher independente de cinqüenta anos bem vividos que na adesão gratificante ao mundo exterior, na auto-aceitação consciente e na fantasia, encontrou a compensação para os desencantos e decepções amorosas. "Já estava sozinha há mais de um ano, não queria saber de homem algum e não trocava nenhum reino por aquele de sua fantasia."

Não há dúvida de que já teve início, para a mulher, o difícil encontro consigo mesma, em busca de sua verdadeira imagem. Nessa fase inicial, expressa no conto de R. Jardim, ela é paradoxalmente realista e idealista. Realista, porque encara de frente, e sem sucumbir ao vazio, a irredutível frustração do ideal amoroso. Idealista, porque sabe que, permanecendo sozinha, só a imaginação, a fantasia ou o sonho podem servir-lhe de apoio e impedi-la do naufrágio total.

O que nos confirma essa dupla consciência na raiz deste conto é o ritmo ágil, alegre e descontraído da narrativa (toda vazada em trivialidades e impressões) e a contradição que se manifesta no final: "Pensar em salvar-se pela fantasia é apenas mais uma fantasia. Ninguém consegue salvar-se. Porque a vida não está aí para perdoar pessoa alguma. [...] Mas numa dessas manhãs de sábado absolutamente perfeitas, se eu me atirar do alto de um edifício, desenharei no espaço um movimento puro e sorverei a manhã em grandes haustos". Parace, afinal, que na consciente aceitação dos paradoxos e desencontros está o caminho para a sabedoria da vida. (Veja-se, por exemplo, o suicídio identificado a um gesto altamente belo e positivo, como que inaugural.)

Já o conto "Dia 24, à noite", de Myriam Campello, que inicialmente pode dar a impressão de se tratar de um simples relato confessional, lírico, de frustração amorosa, aos poucos revela uma outra dimensão. Suas palavras (linguagem densa, forte, surdamente violenta) vão destilando algo estranho, diferente, misto de ameaça escura e inexplicável grandeza.

O amor ali evocado pela mulher-que-fala não é comum: "Esse tempo ficou para trás como uma pintura rupestre. Imóvel, o sentido oculto. [...] nesta noite provavelmente pouco nos tocaríamos. A carne diante do que tínhamos sempre foi um detalhe a mais na felicidade de ouro, embora nos esfregássemos com gosto em seu cetim. Um inferno esse amor que não repousa na carne".

Ambíguo, avassalador, mas paralisado pela separação, como uma ave em pleno vôo, o amor "em situação" na narrativa só se desvenda por inteiro quando, no final, a mulher-que-fala evoca o amado como "meu Tristão moreno, devorado pela febre". Nesse nome, "Tristão", ecoa a lenda céltica de Tristão e Isolda, e a fatalidade da paixão que os uniu para sempre por terem tomado, por equívoco, o "filtro do amor". Essa identificação do amor sofrido pela narradora, com o mito do amor absoluto, que nasce como uma fatalidade, "para a vida e para a morte", explica, afinal, a estranheza e as profundezas do amor ali sugerido e identificado com "as fontes da vida". Identificação que nos parece fundamental para o reconhecimento das relações Mulher/Homem/Mundo. A nosso ver, o que se sugere neste conto de M. Campello é o que V. Woolf chamou de "sexo profundo", é a significação mítica do princípio feminino e masculino, que permanecem imutáveis, a despeito de todas as mudanças ocorridas no mundo transformado pela inteligência humana.

Pela importância dessa problemática, "Dia 24, à noite" nos obriga a levar mais longe a reflexão a respeito.

Temos de convir que o mundo material muda, mas que a *natureza* do Homem e das coisas naturais permanece a mesma. Nenhuma conquista científica conseguirá modificar a essência da condição humana: a dualidade corpo e espírito; a polaridade de seu ser irredutivelmente dependente da vida e da morte. Assim, também a natureza profunda do homem e da mulher arraiga nos princípios masculino e feminino, e quaisquer que sejam as relações novas estabelecidas entre os seres, pelas mutações sociais, políticas e econômicas, aqueles "princípios" não serão mudados. Como diz Spengler:

> O feminino está mais próximo do *elemento cósmico,* mais fundamente aderido à terra, mais imediatamente incorporado aos grandes ciclos da natureza. O masculino é *mais livre,* mais animal, mais movediço [...]. O homem *vive* o destino e concebe a causalidade, a lógica do produzido, segundo causa e efeito. Porém a mulher é destino, é tempo, é a lógica orgânica do próprio devenir. [...] O homem faz a história; a mulher é a história. De maneira misteriosa descobre-se aqui um duplo sentido do acontecer vivente: é uma corrente cósmica e é também a sucessão dos microcosmos mesmo que aquela corrente acolhe em si, protege e conserva. Esta "segunda" história é propriamente masculina, histórica, política e social [...]. Feminina é aquela "primeira" história, a eterna, materna, vegetal – a planta mesmo tem sempre algo de feminino –, a história sem cultura das gerações sucessivas.

Diante dessas diferenças de essência ou funções somos levados a crer que, por mais que se alterem as relações entre Mulher e Mundo, e ela não só "seja", como também possa "fazer" a história, dificilmente poderá desaparecer essa relação essencial de complementação entre os sexos, em busca da Harmonia e da Unidade.

A aceitarmos, pois, a necessidade visceral dessa complementação profunda, torna-se evidente a importância que assume, nestes tempos de transformação, a revolução feminista em curso. É a própria base do mundo que será radicalmente mudada. Nesse sentido é que nos parece urgente a conscientização de um número cada vez maior de mulheres, com relação ao "sexo profundo" e à sua responsabilidade individual e importância básica no processo de renovação do mundo atual. Simultaneamente ao pensar em suas *semelhanças* com os homens e lutar por direitos iguais no plano social, político e econômico, é urgente que a mulher descubra sua *diferença* básica, no plano existencial (e não simplesmente humano-biológico). Do conhecimento pleno dessa "diferença" poderá (e deverá) surgir a nova imagem-de-mulher que este século está gerando e que por enquanto pode ser vislumbrada aqui e ali no assumir desassombrada os "desencontros", as frustrações, a desesperança.

Essa aceitação dos desencontros, essa coragem de olhar de frente, sem esperança e sem paixão, os aspectos negativos da vida é a atitude escolhida por Sonia Coutinho no conto "Cordélia, a caçadora". Essa nova reação à problemática básica do "eterno feminino" (a realização da mulher no Amor) soma-se aqui à nova linguagem narrativa que se divulga na ficção a partir dos anos 1960 e que nos revela uma nova consciência da tarefa do escritor: este assume abertamente a sua presença no relato, como a "voz" que falta à personagem.

Assim, temos aqui um foco narrativo que oscila entre uma 2ª pessoa (uma voz que fala a um "você": "Cordélia, você não era mais nenhuma criança quando encontrou Papá. Quase sem sentir você se transformara numa mulher entrando na meia idade..."); e uma 1ª pessoa (um eu que fala: "Nenhum me propôs casamento, antes de Papá, embora...").

Essa dupla perspectiva, conjugando duas atitudes de narrador, objetivo/subjetivo, impessoal/pessoal, vem auxiliar, tecnicamente, uma abertura maior do espaço narrativo para a reflexão e a análise direta, sem emotividade – registro quase cínico das situações.

A Cordélia que aparece em primeiro plano é a mulher-objeto, que se julga "uma tremenda Vítima dos Homens", e que aqui é desmistificada em sua fraqueza interior, em seu sentimentalismo diluidor da vontade, em sua falta de garra e de auto-respeito, o que resulta numa predisposição quase inata para se submeter aos caprichos, desrespeitos e arbitrariedades dos homens que a usam.

Numa linguagem coloquial, franca e na maior parte rude ou cínica, S. Coutinho põe a nu a responsabilidade básica da heroína pelos sucessivos fracassos de seu jogo amoroso com os homens. É uma "mística feminina" que aqui se condena, através do comportamento amorfo de Cordélia. Conto sobremaneira importante dentro do lento processo de redescoberta que a mulher vem fazendo de si própria, "Cordélia, a caçadora" registra o momento de desequilíbrio que vem sendo vivido por milhões de mulheres, oscilantes entre uma imagem tradicional dada como superada e uma imagem moderna ainda não compreendida em sua verdade ou essência. Assim é que Cordélia encara a mulher que, de repente, perplexa e desprevenida, descobre-se "livre" (isto é, liberta do tabu-sexo e economicamente independente) e, sem saber o que fazer com a tal liberdade, apenas repete o gesto primordial que desde sempre coube à fêmea: entregar-se ao macho. Entretanto, como tal entrega pura e simples se choca com os valores morais incorporados em milênios de coerção religiosa e ética, ela tenta dissimular seu caráter gratuito e "censurável" com uma pseudo "mística do amor" ("Seu principal problema era uma infinita Vocação para a Virtude"; "... você era viciada em Ternura"; "... daquela vez ia encontrar a Felicidade" etc.). Pelo registro das maiúsculas, S. Coutinho reforça a qualidade de fórmulas-esvaziadas-de-conteúdo a que esses valores foram reduzidos. Esperando, a cada caso, encontrar o homem que a leve ao casamento e a "justifique" perante a sociedade, e prosseguindo, enquanto isso, em sua vida "livre" porque não vê outro caminho, Cordélia é bem o símbolo de uma legião de mulheres que hoje vivem divididas entre dois comportamentos opostos e que ainda não puderam ser harmonizados entre si: a liberdade-de-ser e o amor-ao-outro.

O final do conto, colocado entre parênteses, é bem sugestivo da "vida entre parênteses" que está sendo vivida pela mulher atual, ainda frustrada com a liberdade conquistada. Realmente não é fácil ser livre, muito pelo contrário: exige grande coragem, fortaleza interior, capacidade de ação e lúcida consciência dos problemas a serem enfrentados.

> Esta noite mesmo, Cordélia, a Caçadora, voltará a excursionar.
>
> (Pois avida é, decerto, extremamente engraçada, *mas a gente só descobre isso quando perde completamente a esperança.* Sem nenhuma esperança, ah, sem um único fiapo de esperança, então podemos descobrir que ainda existem muitas – muitíssimas – Coisas Divertidas para Fazer). (grifos nossos)

Se esse inesperado final dado por S. Coutinho pode parecer cínico, na verdade aponta para um dos caminhos mais certos: só depois de totalmente esgotada a esperança nos valores antigos é que a mulher poderá descobrir novos valores a serem vividos. É o que, sem dúvida, está implícito nessas "Coisas Divertidas para Fazer" que fecham a narrativa.

Já definitivamente diferenciado da literatura catártica, confessional (a depeito de ser narrativa em primeira pessoa), "Relatório final", de Márcia Denser, inscreve-se na linha da interrogação e da busca. Nova diretriz que, agudamente consciente do poder da palavra escrita, manipula sempre determinado fenômeno-em-crise. Aqui temos como fulcro o *erotismo,* a *abjeção do ser humano* e a *frustração vital* decorrentes da fruição gratuita, desordenada e violenta do sexo.

É nesse ponto – o do mergulho total na desesperança e na abjeção raivosa do próprio ser – que se encontra a heroína deste contundente "Relatório final" de M. Denser, uma das mais novas escritoras desta antologia. Tanto o título como a estrutura "em abismo" que alicerça o relato são índices claros desse "ponto de chegada" e ao mesmo tempo de ausência de solução à vista. O título propõe uma situação-limite, além da qual nada de mais grave poderá ocorrer. A estrutura "em abismo" (o relato do relato que fecha como num círculo a narrativa-em-si-mesma) revela, ao nível formal, o "fechamento" circular em que, ao nível existencial, se encontra a "mulher livre" de nossos tempos. Crise intensificada, sem dúvida, pela solução estilística escolhida pela autora: a linguagem "fria", objetiva e impessoal dos "relatórios", esforçando-se para registrar os "fatos" e acabando por veicular de maneira confusa o caos informe das experiências-limite, onde o racional não consegue penetrar.

> "Recordo só um dia que talvez nunca me foi destinado, era um dia incessante, sem origens. 30/12/1977."
>
> Assim eu pretendo começar a contar a história toda como uma espécie de relatório dos fatos ocorridos no dia e na noite de 30 de dezembro de 1977 e talvez lhes dê o nome de antevéspera, pois.../

Assim tem início o relato e prossegue num só fluxo caótico, sem conseguir a ordenação racional buscada. A interrogação existencial, extremamente pungente, funde-se de maneira extraordinária com a consciência da literatura como gesto fundamental na redescoberta e/ou nomeação do novo, do ainda informe e desconhecido. M. Denser expressa, neste ponto, a nova postura do escritor destes anos 1970, que se assume, por inteiro, como novo construtor do Real.

> ... e por mero acaso agora estou catando esses cacos, tentando recompor as peças desse quebra-cabeças chamado literatura, esse jogo sujo com o qual tento abafar meu grito anterior, tapando os ouvidos e gritando junto...

Ou

> E tudo isso quer dizer literatura: a requintada crueldade de poder observar as próprias vísceras expostas refletidas no espelho, e imaginando [...] a sangrar, a sangrar, amigos, a sangrar, o fluxo maldito chamado literatura, a sangrar...

Corajoso ir até o fundo da "taça de fel", estóico e orgulhoso fazer da fraqueza sua força, a atitude da "anti-heroína" de M. Denser simboliza a consciência já assumida por um grande número de mulheres – a de que vivem um momento decisivo na crise de reconhecimento da mulher-em-si, da imagem que ela deve ter dela própria, em substituição à que a Tradição lhe oferecia como única e absoluta.

Na sondagem dessa nova imagem, e também através da ambigüidade e da violência, embora de natureza radicalmente diferente, inscreve-se o estranho conto de Nélida Piñon, "A sagrada família". Aqui o problema "mulher" surge amalgamado com o complexo feixe de valores herdados da sociedade patriarcal hoje em decadência. A febre da posse; do poder sobre a propriedade, sobre os seres e sobre os bens; o individualismo feroz... são os gestos que surgem aniquilando tudo o mais: amor, amizade, união entre esposos, amantes ou entre pais e filhos. E nessa "febre", a mulher ameaçada avulta com sua fraqueza/força, com sua resistência heróica, seu poder obscuro, imenso e ameaçador.

Parábola destes tempos de luta fratricida e crise, " A sagrada família" inscreve-se na linha da interrogação e busca um novo conhecimento. Em coerência com sua intenção básica, perscrutar o ainda-não-visto apesar de estar evidente, sua linguagem tersa é sintética é "opaca" – opõe-se como um obstáculo à compreensão imediata de seu dizer, exigindo que a vertical penetração da "mensagem" só se faça a partir de certa decodificação a ser feita pelo leitor. Polivalência expressiva que, obviamente, permite leituras polivalentes.

Bem dentro dessa intencionalidade basilar – interrogação e busca, inscreve-se o texto de Hilda Hilst, "Lucas, Naim". Porém, aqui, a sondagem amplia-se. A interrogação existencial: "quem somos?" é posta em termos esotéricos – o eu e o duplo. E fundida a esse enigma, a linguagem, a palavra que deve nomeá-lo é trazida à tona do fluxo narrativo.

> Tento recordar, reconsidero eu corpo palavra, um ramalhete cerdoso aqui por dentro, eu corpo palavra, sangue emoção sufixo, coisas que fazem parte do corpo da palavra, reconsidero um ajustar-me ao todo e a tudo, não tinha esta cara, eu Lucas tinha outra, corpo e palavras se refazem [...] o que é um indivíduo?

> Compacto, eu mesmo, Lucas, indivíduo. Se eu colocasse diante dele, de Naim, esse bolo de cordas ele andaria até a janela, [...] homem-abelha-Naim existindo porque Lucas existe [...] porque sou eu quem te vê e ninguém mais-eu, não há outro tão eu como eu mesmo, meu corpo, coeso com as coisas ou não, este tempo seria o de reflexão, de morte também, porque ainda que eu não esteja totalmente morto, estou à morte há muitos anos, desde que resolvi olhar o que existia além, o descarnado de mim [...] penso que és um, soberbo Naim, belo, mais minhas dores, mais meu estofamento álmico, meu esticado tenso, e uma dupla torção, vida e conhecimento. Te imagino tu-eu. [...] Lucas caminha, o outro sorri, mudo, e pela grande janela de onde há pouco se viu dois perfis, uma cara, pela grande janela, ágil, Lucas se atira.

Linguagem espessa, ambígua, caótica – linguagem "opaca", escritura que resiste à compreensão, toda ela remetendo para uma enigmática significação – a utilização por H. Hilst revela a preocupação básica da literatura que hoje busca um novo conhecimento de nosso ser-no-mundo. Para entendermos nosso estar aí, em relação com os outros e com o mundo é indispensável que conheçamos o autêntico ser-em-si que somos e, a partir dele, possamos fazer novas opções de vida.

Em síntese, essa parece ser a significação essencial deste enigmático "Lucas, Naim".

Nessa linha de preocupação com o oculto, com o inexplicável, que co-habita conosco cotidianamente, há uma gama imensa de narrativas, que vão desde o simples registro lúdico do absurdo de certas situações até o realismo fantástico, passando pelas mais variadas formas de alteração do Real.

E o caso do conto "As formigas", de Lygia Fagundes Telles, na linha do realismo absurdo – narrativa de uma situação aparentemente banal (a instalação de duas jovens em um quarto de pensão), onde sutilmente se infiltra de maneira insidiosa um elemento estranho: os ossos do anão no caixote e o inexplicável aparecimento e desaparecimento das formigas, que acabam destruindo a lógica normal e se transformando em uma ameaça sufocante. Aqui está a mesma garra de contista que consagrou, desde há muito, Lygia como das melhores escritoras brasileiras, e muito se teria para falar dele, não fosse a problemática que aqui nos norteia e da qual ele foge. Problemática que é, no entanto, fundamental em toda a obra da escritora desde sua estréia até *Seminário dos ratos* (1977) – onde estão "As Formigas", quando Lygia adentra novas áreas (principalmente ligadas ao Enigma), mas onde permanece latente sua preocupação criadora nuclear: Homem *versus* Mulher.

Dentro da preocupação com o "oculto", está também "A sra. Büchern em Lebenswald", de Judith Grossmann – conto aparentemente realista, cuja matéria, no entanto, tem sua verdadeira significação projetada no plano metafórico, isto é, só apreensível após sua decodificação correta. Que significariam, afinal, os dois rapazinhos ("o único homem morto em Lebenswald" e "o único homem vivo em Lebenswald") que, sucessivamente, se ligaram a e se afastaram da sra. Büchern?

Num registro poético-realista, mas amargo, temos "A porca", de Tania Jamardo Faillace, onde se inscreve a dolorosa experiência interior de "um meninozinho que tinha muito medo", ao se defrontar com a vida e com a morte – ambas ligadas à violência e à ameaça do sangue jorrando.

Na linha do registro lúdico/grotesco da vida cotidiana, está "A curiosa metamorfose pop do senhor Plácido", de Zulmira Ribeiro Tavares, em que a narrativa se constrói, agilmente, pelo processo das associações e/ou interpenetração de áreas.

Ainda no âmbito do lúdico, da inconseqüência das "situações", está o breve texto de Vilma Arêas "K de *know-how*", onde, a julgar pelo título e sua falta de ligação aparente com o conteúdo, a intenção básica deve ter sido o "nonsense". De qualquer forma, é nele que desemboca a excessiva fragmentação narrativa.

E aqui ficam as sugestões para uma das possíveis releituras desta significativa recolha da produção literária feminina na área do conto. Produção que, a par da tentativa de reconhecimento ou redescoberta do "mito mulher", mostra a crescente conscientização da função da literatura no mundo de hoje e, ao mesmo tempo, a da mulher como escritora, como elemento dinâmico no processo de transformação da vida atual.

São Paulo, jul. 1978

Impressão e Acabamento:
Geográfica editora